**Wilfried West
Erwachen in Meran**

CIP-Titelaufnahme der Deutschen Bibliothek

West, Wilfried
Erwachen in Meran / Wilfried West. - Worms:
The World of Books, 1990
ISBN 3-88325-428-2

Titelgestaltung: Art Studio

© Copyright 1990 by The World of Books Ltd., London
Alle Rechte vorbehalten

Wilfried West

Erwachen in Meran
Erzählung

The World of Books Ltd.

Wie der Raum vieler mittelalterlicher Kirchen bietet sich auch die kühle Dunkelheit der Stadtkirche St. Nikolaus zu Meran einem umhergetriebenen Menschen an, der sich in der Hitze eines Julitages müde gelaufen hat. Wer den Meraner Tropendunst und den Verkehrslärm zwischen Passerpromenade und Laubengang nicht mehr erträgt, der findet Gelegenheit zum Durchatmen und zur Besinnung hinter den bunten Glasfenstern, die das überhelle Licht draußen in eine farbige Fabelwelt der Innerlichkeit verwandeln. Auch das ist der Sinn einer christlichen Kirche: dem Erschöpften Zuflucht und Belebung zu gewähren. Wozu die Zuflucht für den einzelnen gut und nütze ist, liegt aber nicht in den Händen von Menschen ...

Hier, vor den Altären mit den Heiligen, die nach dem Glauben der katholischen Kirche himmlische Helfer und Fürsprecher des Erdenmenschen bei Gott sind, endet eine Geschichte und beginnt diese Erzählung. Es geschah an einem dieser unerträglich heißen Nachmittage, irgendwann im Monat Juli. Die Geschäfte im Laubengang hatten geschlossen und die Obsthändler auf dem Domplatz sich in den Schatten zur Siesta verzogen. Da kam ein einzelner junger Mann über den Domplatz gelaufen - halt, nein: er wankte mehr, als daß er lief. Vor der Statue des Heiligen Nikolaus beim hinteren Seitenportal wäre er beinahe zu Boden gestürzt, und dann stemmte er mit Gewalt die Türe zum Inneren des Domes - wie die Pfarrkirche sich auf dem zweisprachigen Schild beim Haupteingang stolz titulierte - auf. Es hätte scheinen können, daß er betrunken oder überanstrengt sei. Da wir im folgenden der Geschichte besagten jungen Mannes folgen, betrachten wir noch auf dem Domplatz seine Erscheinung, ehe er im Dunkel der Kirche verschwindet. Dort wird er nämlich zum Schatten wie alle Beter in einem alten Dom, der das Reich des Lichtes nur dem Schöpfer, Erlöser und Weltenrichter vorbehält.

Der junge Mann erscheint uns jugendlich. Er ist von schlanker, hoch aufgeschossener Figur, und sein unbedecktes Haar leuchtet wie Stroh in der Sonne. Doch der Scheitel läßt sich nur noch ahnen, denn die ganze Pracht hängt ihrem Träger wirr und schweißnaß ins Gesicht. Am Körper trägt er nur ein weißes T-Shirt und eine dunkelblaue Satinsporthose wie die Boxer beim Kampf. Doch wirkt er mit seinem wankenden Gang und seinen unsicheren Bewegungen sehr unsportlich. Seine Glieder sind die eines Asthenikers, eines Büro- oder Schreibtischmenschen. Das Becken geht allerdings auffällig in die Breite, und seine Haut hat das südliche Braun offenbar nur widerwillig angenommen; denn braun ist der junge Mann wirklich nur an den Waden und Unterarmen geworden - ansonsten leuchtet er wie ein gekochter Krebs. Sein Gesicht läßt sich im Augenblick nur schwer beschreiben, denn die Augen verdeckt eine verspiegelte Sonnenbrille. So sieht der junge Mann wie ein beliebiger Tourist aus einem nördlich gelegenen Land aus. Die schmalen Lippen hängen schlaff nach unten und lassen ebenso wie der wankende, schleppende Gang seine Niedergeschlagenheit und Verzweiflung ahnen.

Den meisten, die dem jungen Mann heute begegnet sind, muß er ein Fremder sein, obwohl er nicht wirklich zu den Touristen zählt, sondern ziemlich genau ein ganzes Jahr in der alten Passerstadt verbracht hat. Er sorgte nie für öffentliches Aufsehen, obwohl er mit seinen Erzählungen und Gedichten die Öffentlichkeit sucht, aber eben nicht die gaffende Menge auf der Straße, sondern das lesende und literaturempfängliche Publikum. Da er als Dichter nicht so viel Erfolg an seine Fahne heften konnte, um auch bürgerliche Reputation zu gewinnen und sich ein gewisses Maß an Lebensbequemlichkeit zu leisten, übt er noch immer den Brotberuf eines Designers aus. Er versteht nicht nur zu schreiben, sondern auch akkurat und präzise zu zeichnen, was zum Geschäft eines Designers gehört. Kritiker, die einmal auf ihn aufmerksam werden, können ihn getrost eine Doppelbegabung nennen, obwohl er nicht wie Stifter oder Keller in Öl auf der Leinwand gedichtet hat. Ein Meraner Dichter oder ein Dichter, der Meran besungen hat, ist er in dem Jahr seines Aufenthaltes an der Passer nicht geworden, und auch seine Entwürfe für Geschirr und Möbel haben hier kein Aufsehen erregt; denn seine Arbeiten entstanden nur in Meran, um im Ausland vermarktet zu werden. Das entspricht auch den wirtschaftlichen Gegebenheiten in Alto Adige, wie Südtirol amtlich heißt: Europas Wirtschaftszentralen sind woanders angesiedelt.

Jetzt ist der junge Mann in den Dom hineingeschlüpft, wirft sich erschöpft in die vorletzte Bank, zieht die Spiegelbrille vom Gesicht, kauert sich hin und vergräbt das Gesicht in den Händen. Für ihn endet hier eine Geschichte, und sie endet mit einem großen Schmerz, für den es keine Rücknahme, sondern höchstens allmähliche Heilung gibt. Eine Hoffnung, ein Zugriff auf eine neue Welt ist gescheitert, und er weiß sich eingeschlossen in die Einzigkeit seines Schmerzes, der kein anderer Schmerz dieser Welt gleicht.

Daß er die Kirche zur Zuflucht nimmt, geschieht eher instinktiv als absichtlich. So wie ein Migränekranker am ehesten in einem verdunkelten Zimmer Linderung findet, so beruhigen auch die Stille und Düsternis einer schweigsamen Kirche die wehe Seele, und die Überreizung der Sinne im Licht eines Sommertages mit seinem aufreizenden Blütenprunk und Palmengeflatter hat ein Ende. Und hier, am Ende der Geschichte, setzt die Erzählung ein. Das ist mehr als nur ein Kunstgriff, wie ihn gewandte Schriftsteller benutzen, um die Erwartung ihrer Leser zu steigern. Das Ende ist der Anfang, weil sich durch den Schmerz ein Erwachen vollzieht. Der junge Mann erwacht zur

Wahrheit, und alles andere, was zuvor geschah, erweist sich nun als Traum und Fingerzeig hin zum Ende.

Dem jungen Mann zerrinnt eine Welt zwischen den Händen. Es war eine Welt der Gefühle, und er hat auch zum ersten Mal in seinem Leben wirklich gefühlt und nicht nur einen Kitzel auf der Oberfläche gespürt. Süß und kostbar wie ein Pfirsich in der Eiswüste des Polarkreises war ihm die entschwundene Welt, und ihr Entschwinden hängt damit zusammen, daß jetzt irgendwo hoch droben in den Bergen ein Auto die Grenze zur Schweiz überquert. Und mit diesem Wagen fährt die ganze Welt davon; denn Bettina, seine Bettina, wie er meinte, sitzt in diesem Wagen. Sie wird nicht wiederkehren. Diese empfundene Gewißheit des *nie wieder* macht den Schmerz so rasend. Es lassen sich keine Mittel finden, das Geschehene ungeschehen zu machen. Ausweglosigkeit - noch nie hat der junge Mann in seiner kurzen Lebenszeit Ausweglosigkeit so deutlich gespürt.

Die Villa in Obermais ist verkauft, und schon sind die Handwerker angetreten, um die blau glasierten Kacheln in den Bädern und im Treppenhaus herauszuschlagen. Es wäre noch alles zu ertragen gewesen, säße Bettina alleine in dem Auto, hätte alleine Meran den Rücken gekehrt, vielleicht, weil sie die Stadt nicht mehr liebte, die sie immer über alles geliebt und einmal "mein schwüles Märchenlabyrinth" genannt hatte. Selbst ein gewöhnliches Zerbrechen ihrer Liebe hätte noch einen - wenn auch abgründigen - Sinn gehabt. Doch daß Bettina mit dem Inder ging, dem Exoten und Spielverderber, das auszuhalten erforderte eine übermenschliche Kraft, die der junge Mann nicht selbst in sich erwecken konnte, sondern sich von einem Höheren schenken lassen mußte, dem sie in Fülle zu eigen war. Nach einer Weile im Dunkel begann der junge Mann zu träumen. Krampf und Spannung in ihm lösten sich allmählich. Seine

Geschichte holte ihn nochmals ein, jene Geschichte, die wie ein roter Faden in das Leben der Passerstadt eingewoben ist.

* * *

"Ferdinand ist wieder da. Hier in Europa. Die Post hat gerade einen Brief abgegeben ... Eduard, du freust dich ja gar nicht. Wann ist er nach Indien gegangen? Ich glaube, da war Karl noch im Kindergarten."

Es war Gertrud V., die an einem Morgen zwischen Himmelfahrt und Pfingsten vor einem Jahr durch den Vorgarten eines gewöhnlichen Einfamilienhauses sprang und diese Sätze in Richtung Veranda rief, wo ihr Gatte Eduard und ihr einziger Sohn Karl beim Frühstück saßen. In der Hand schwenkte sie einen seriösen Briefumschlag aus gehämmertem Bütten, worauf in altertümlich geschnörkelten Lettern die Adresse eines Hotels in Meran angegeben war. Darunter hatte Ferdinand seinen Namen geschrieben. Jener Ferdinand war Eduards älterer Bruder, somit Karls Onkel und ihr eigener Schwager.

Eduard sprang weder begeistert vom Frühstück auf, noch verzog er das Gesicht zu einem angenehmen Lächeln. Vielmehr sanken ihm die Mundwinkel herab, als habe er einen seiner Mitarbeiter im städtischen Bauamt dabei ertappt, daß dieser auf dem Diensttelephon Privatgespräche führte. Es war gewissermaßen eine peinliche Entdeckung, daß der ältere Bruder sich nach Jahren des familiären Exils wieder bemerkbar machte. Selbst Gertrud konnte nach mehr als fünfundzwanzig Jahren Ehe nicht dieses Bedauern und diese Peinlichkeit ahnen, die sein festgefügtes Seelenleben unangenehm erzittern ließen. Dennoch hatte er gar nicht vor, ihr seine Gefühle auszubreiten. Er haßte diese neumodische Gefühlsduselei und alle Formen von seelischem Exhibitionismus. So wie es ihm unanständig schien, vor Zuschauern die Hose herabzulassen, so hielt er auch lieber das Herz bedeckt - selbst wenn diese Bedeckung Enge und Druck verursachte. Die alten Geschichten mit Ferdinand waren wie eine unaufgeräumte Schublade, und unaufgeräumte Schubladen fand er als ordentlicher Staatsdiener zumindest ebenso verabscheuungswürdig wie Privatgespräche auf einem Diensttelephon.

"Darf ich ihn aufmachen, Edu?"
"Wen aufmachen?"
"Den Brief natürlich. Ach, du kriegst ja wieder gar nichts mit ..."
"Und ob ich. Frühstück am freien Samstag und dann ausgerechnet ..."
Er brach den Satz ab. Hatte noch sagen wollen: "... ausgerechnet ein Brief von Ferdinand, diesem Fiesling, diesem Egoisten und Weiberhelden." Fast wäre die unaufgeräumte Schublade in seinem Innern aufgesprungen. Doch er hatte sich im Griff. Um des Friedens willen. Das Familienfrühstück am freien Samstag war ein Ritual, bei dem er sich sicher fühlte. Es wurde nicht viel dabei geredet, aber es entstand ein Anblick von Familie, wenn man so gemeinsam im Kaffee rührte und sich die Sonne in den Nacken brennen ließ. Wer täglich auf dem Bauamt sitzt und Pläne begutachtet und nach irgendwelchen Gutachten die Pläne wieder ändert, der genießt es, auf der häuslichen Veranda zu sitzen und in die blühenden Pfingstrosen zu schauen, zwischen denen der Kater Micki auf Mäusejagd ging.

"Also mach den Brief auf. Irgendwann muß man ihn ja aufmachen. Das haben Briefe so an sich."
Eduard seufzte und goß sich die zweite Tasse ein. Als er auch sein zweites Marmeladebrötchen richten wollte, hielt er inne; denn er fühlte sich von einem neugierigen Blick getroffen. Dieser

Blick bohrte wie eine Nadel. Es war Karls Blick. Karl starrte ihn an. Den eigenen Vater wie ein Wesen, vor dem man erschrecken mußte. Wieso eigentlich? Es war zum Nervöswerden. Eduard war schon Mitte Fünfzig, und es kam zuweilen vor, daß ihm rote Flecke vor den Augen tanzten oder ihn urplötzlich ein Ohrensausen befiel. Vielleicht hatten die Nerven doch gelitten, oder war der Krieg noch daran schuld? Jawohl, er war ein Kriegskind und hatte diese Tatsache seinem Sohn immer vorgehalten, wenn dieser sich gewisse Freiheiten erlaubte. "Als wir so alt waren wie du, hatten wir nicht ... konnten wir nicht ... durften wir nicht ..." Diese Sätze zählten zu Eduards Grundausrüstung bei der Erziehung seines Sohnes. Und jetzt stierte eben jener Sohn ihn so verständnislos an, nervte ihn. Wieso eigentlich? Zum Donnerwetter, er brauchte doch Rücksichtnahme - als älterer Beamter, als Besitzer eines Eigenheims, das mit den Jahren reparaturanfällig geworden war. Die Handwerkerrechnungen waren manchmal so undurchsichtig, und er wurde nie so recht den Verdacht los, selbst von den besten Freunden, denen er schon städtische Aufträge zugeschanzt hatte, übers Ohr gehauen worden zu sein.

"Bitte, Karl, du stierst schon wieder!"

"Entschuldige, Vater, aber eigentlich weiß ich gar nichts von Ferdinand, außer daß er mein Onkel ist und bisher wohl in Indien gelebt hat."

In diesem Augenblick stieß Gertrud einen echt weiblichen Jauchzer aus, daß Eduard beim Trinken der Kaffee aus der Tasse schwappte. Dieses Weib. Pubertäre Ausbrüche. Kein bißchen Selbstkontrolle. Dachte Eduard, sagte es aber nicht.

"Karli, Karlchen - es geht um dich. Er will, daß du ihn besuchst. Stell dir vor: Er ist in Meran. Dort, wo man die Traubenkuren machen kann."

Jetzt war es wirklich zuviel. Eduard entriß seiner Frau den Brief, und es war nur der Qualität des Büttenpapieres zu verdanken, daß er nicht entzwei riß. Gertrud war im Grunde schon immer naiv gewesen. Einerseits ging ihm das genauso wie Karls poetische Anwandlungen und sein Silberblick auf die Nerven, aber andererseits - zu gewissen Stunden, die im Laufe ihrer Ehe immer seltener geworden waren - reizte ihn das große Mädchen, das in Gertrud immer noch steckte. Irgendwie hegte er auch väterliche Gefühle für sie. So wahrte Eduard, nachdem er Gertrud den Brief entrissen hatte, mühsam die Fassung.

Ein anderer aber zeigte offensichtlich, daß er durcheinandergekommen war mit seinem samstagmorgendlichen Innenleben. Karl strich sein langes strohblondes Haar zurück, was er immer tat, wenn sich Herz und Gedärm in seinem Körper zusammenkrampften. Ein Zwiespalt tat sich auf. Er spürte, daß sein Vater auf seinen Bruder keineswegs gut zu sprechen war, und im Hinblick auf den Vater war es vielleicht klüger, die Einladung Ferdinands abzuweisen. Obwohl sein Vater einer ganz anderen Welt zugehörte als er selbst und ihm dessen Beamtenseele als eine Kerkerzelle erschien, so hatte es Karl bisher immer als passabel empfunden, sich äußerlich dem Vater anzupassen. Dem Vater zuliebe absagen - das war die eine Seite des Zwiespaltes. Auf der anderen Seite war Karl ungeheuer neugierig, den Bruder des Vaters zu sehen und zu hören. Vielleicht wußte der Onkel einige Geheimnisse zu enthüllen, die den Vater in ein anderes Licht tauchten. Und Meran - allein der Name dieser Stadt am südlichen Tor der Alpen war Musik, zerging ihm auf der Zunge wie Eiscreme. Meran, das klang wie Poesie, und soweit er wußte, hatte sich auch Rilke in der Nähe auf einem Schloß aufgehalten.

Meran. Obwohl Karl in den letzten Jahren schon durch halb Europa getrampt war, hatte er die Traubenreiche noch nie gesehen. Venedig, Florenz, Pisa und Rom hatten Bilder in seine Seele gezeichnet, die er nie vergessen würde. Karl glaubte fest, die Italienreise sei das Bildungserlebnis eines deutschen Dichters, wobei er den hochtrabenden Titel "deutscher Dichter" zur Zeit noch nicht auf sich beziehen wollte. So weit hatte sich sein poetisches Sendungsbewußtsein noch nicht gefestigt. Freilich bedeutete Meran nicht Italien, auch wenn die italienischen Offiziellen viel Gewalt daran gesetzt hatten, aus Meran eine italienische Stadt zu machen, namentlich unter dem Faschismus. Meran war Tirol, und Tirol war Habsburg. Dies Credo galt zwar nicht mehr in der Politik, aber was konnten kaum siebzig Jahre Politik dem gewachsenen Geist der Jahrhunderte anhaben?

Ferdinand lud ihn ein. Absagen oder hinfahren? Die Einladung erinnerte Karl in einer plötzlichen Gedankenverküpfung an Stifters Novelle vom Hagestolz. Dort lud auch ein Onkel seinen Neffen ein, jedoch mit der bestimmten Absicht, die eigenen Lebensversäumnisse an dem Nachgeborenen wiedergutzumachen. Vielleicht hatte auch Ferdinand eine bestimmte Absicht, indem er seinen Neffen nach Meran einlud.

Aus dem Brief, den ihm Gertrud zusteckte, als Eduard nach beendetem Frühstück mit beleidigter Miene in die Garage zum Autoputz verschwunden war, ging nur hervor, daß Ferdinand ihn kennenlernen wollte und über genug Möglichkeiten verfügte, um "dem jungen Mann einen auskömmlichen Aufenthalt, so lange er wolle", in Meran zu sichern.

"Ich werde es selber entscheiden", sagte Karl zu Gertrud, und seine Stimme gewann einen harten Klang. Eduard hatte den Platz geräumt, und das machte ihn sicher. Vor Gertrud fürchtete er sich nicht.

"Ja, entscheide es selber, Karli. Es wird schon richtig sein."

So von seiner Mutter bestärkt, ließ er die Rücksicht auf den Vater fallen und machte sich auf Entdeckungsreise nach Meran.

* * *

Karl nahm als Verkehrsmittel nicht die Bahn wie die Reisenden der klassischen Epoche und die Dichter jener Epoche. Wir erinnern uns, daß Thomas Manns *Zauberberg* auch mit der Bahnfahrt des jungen Hans Castorp nach Davos beginnt. Karl fuhr auf den eigenen vier Rädern. Autofahren machte unabhängig, und es machte ihm Spaß. Lust und Freiheit - für beides war ihm das Auto ein Symbol. Er hatte sich oft gefragt, was die autofahrende Menschheit mit ihrem Kult um das vierrädrige Fahrzeug mit Verbrennungsmotor ausdrückte.

Hinter München, kurz vor dem Inntal-Dreieck, merkte er, daß wohl mit der Zündung etwas nicht stimmte. Die Kraft des Motors ließ nach, und explosive Geräusche verursachten bei Karl ein gewisses Kribbeln in der linken Brustseite. Es gelang ihm jedoch, einen Rastplatz anzusteuern und anzuhalten. Er öffnete die Motorhaube und überlegte sich, ob er die Zündkerzen selber herausdrehen solle, doch dann sah er die runde gelbe Plakette im linken unteren Eck der Windschutzscheibe, und er wurde sich bewußt, daß er ja Mitglied eines großen Automobilclubs war. So benutzte er die Notrufsäule und forderte Hilfe an, setzte sich hernach auf eine steinerne Bank und sah alle Wagen, die er gerade noch überholt hatte, an sich vorbeibrausen. Zeit und Geschwindigkeit sind eben doch nur relative Größen. Unfreiwillig hatte er Distanz gewonnen zum Verkehr, zum Autokult und seinen Gesetzen. Warum drücken denn immer die Angst vor dem Zeitverlust und die Sucht nach Zeitgewinn den Fuß der meisten Autofahrer auf das Gaspedal? Auf dem Rastplatz, in der Distanz fingen die Fragen an, und damit regte sich bei Karl auch der Drang, etwas aufzuschreiben, doch es wurde weder ein philosophischer noch ein psychologischer Traktat daraus, sondern der Entwurf eines Gedichtes. Wir können es hier in einem Zug durchlesen, doch Karl schrieb es mit Stockungen nieder. So leicht war es auch nicht, sich einen halbwegs originellen Reim auf eine bestimmte Sache zu machen.

> Man dient dir gute Dienste an,
> und du läßt dich bedienen,
> beäugst die dienstbereiten Mienen,
> die einst, als du in Nöten warst,
> dir herzlich-warm erschienen.
> Doch hast du nur dein Geld gezahlt,
> beginnst sie zu durchschauen,
> und dein Gedächtnis Bilder malt
> von jenen roten Frauen ...

Hier stockte Karl. Mit der Anspielung auf die roten Frauen drängte sich sein spezifisch männliches Innenleben in die Reimerei, und er scheute sich, auf einem öffentlichen Rastplatz intime Bekenntnisse zu Papier zu bringen. Er hatte die beiden Abende im vergangenen Winter noch nicht verdaut, als er sein Weihnachtsgeld bei Nina und Sandra gelassen hatte, die ihm dafür eine Illusion von unendlicher Begierde verkauften. Eigentlich war ihm die Erinnerung peinlich: zum einen, weil er sich hinterher getäuscht fühlte, zum anderen, weil er sicher glaubte, an jenen Abenden die erste Frau seines Lebens, nämlich Gertrud, verraten zu haben.

Das Erscheinen eines gelb uniformierten Pannenhelfers brachte Karl auf weniger empfindsame Gedanken.

"Grüß Gott, was fehlt ihm denn?" Der Gelbe klopfte vertraulich gegen den Kotflügel von Karls Auto.

"Stottert, vielleicht die Zündung", sagte Karl

vorsichtig. Er wollte der Diagnose des Fachmannes nicht vorgreifen.

Nach einigen Startversuchen, die dem Motor des Wagens ein erbärmliches Räuspern entlockten, fand der Gelbe schließlich den verschmorten Zündkontakt. Ersatz war glücklicherweise im gut bestückten Laderaum des Straßenwachtautos zur Stelle, und nachdem man gemeinsam ein Formular ausgefüllt hatte, konnte Karl die Reise über den Brenner fortsetzen. Das begonnene Wortspiel zum Thema Dienen wollte er später weiterführen.

Am späten Nachmittag erreichte er Meran. Den Jaufenpaß hatte er bei klarer Sicht überquert, doch im Passeiertal staute sich schon der Dunst, als er am Sandhof, der Stätte Andreas Hofers vorüberfuhr. Meran, die Tropische, sandte ihm ihren Schweiß entgegen. Karl fühlte das Wetter und schätzte, daß er mindestens drei Tage brauchte, um sich zu akklimatisieren. Wenn die Straße eine Gerade beschrieb und keine Kurven seine Aufmerksamkeit forderten, blickte er an den Obstbäumen zur Linken hinauf und sah bald auf die zerstreuten Siedlungen um die mächtige Burg von Schenna, wo sich nach 1848 der alte Erzherzog von seinen lieben Tirolern feiern und verehren ließ, ehe er nach bewegtem Leben in dem neugotischen Mausoleum neben der Pfarrkirche seine endgültige Ruhe fand. Erst letzte Woche hatte Karl die Gegend in einem Bildband studiert. Auf größere Reisen sollte man sich nach seinem Gefühl immer ein bißchen vorbereiten und damit - philosophisch geredet - einen Begriff machen von der Anschauung, die einen auf der Reise erwartete. Blauer Himmel, vom Tale her milchig eingetrübt, überwölbte die Berge. Graugrüne Rücken urzeitlicher Riesentiere wurden daraus in Karls Phantasie. Wie schön mochten diese von den Wettern der Jahrmillionen geschliffenen Grate und Abstürze erst im Abendrot glühen!

In Meran mußte Karl wegen der vielen Einbahnstraßen erst eine Weile herumfahren, um unweit der großen Passerbrücke ein Hinweisschild zum Hotel des Onkels zu entdecken. Auf einem schattigen Parkplatz endete dann die Reise, während die Glocke eines nahe liegenden Kirchturmes halb sechs schlug. Er sah sich um. Ein Fleckchen altväterlicher Kurstadtromantik breitete sich vor seinen Augen aus. Ein Palmengarten und dazwischen Rabatten und Rasenflecken. Grün, Orange, Rosa und Braun spielten ineinander; im Hintergrund dieses Gemäldes erhob sich patriarchalischstolz ein hoher, fast turmartiger Bau im südlichen Stil mit überdachten Balkonen und dunkelgrünen Fensterläden. Gläserklirren und das Scheppern von Porzellan machten Karl darauf aufmerksam, daß zu dem Hotel auch ein Restaurant gehörte. Er hatte schon Hunger - trotz der Schwüle. Vielleicht wirkte die Klimaveränderung doch günstiger als zunächst befürchtet. Karl stieg eine schlichte Treppe mit flachen Stufen hinauf und sah, wie zwei junge Kellner, kaum älter als er selbst, alle Vorkehrungen für ein großes Souper trafen. Als veranstalteten sie ein Wettrennen, flitzten die beiden um die quadratischen Tische unter der Markise aus verschossenem grünem Stoff. Sie waren beide schwarz gekleidet und lachten einander bübisch zu, als Karl die gläserne Drehtür des Hoteleingangs erreichte.

Das Hotelfoyer zeugte noch von der großen Zeit der Passerstadt. Irgendein Hotelier hatte es wohl vor dem ersten Weltkrieg, als es noch Kaiser und Erzherzöge gab, auf Repräsentation getrimmt. Ein blaugelber Kachelofen nach der Art eines Schloßturmes und schwere kristallene Lüster bestimmten den Raum. Allerdings schien man es mit dem Staubwischen nicht so genau zu nehmen, denn die Lüster glitzerten nicht, sondern verbargen sich unter grauem Puder. Unter den Füßen der Gäste dämpften Perserteppiche den Schritt, und die Theke der Rezeption war offensichtlich aus einem massiven tropischen Holz geschreinert, das fast schwarz schimmerte. Fehlte nur noch ein beleibter Empfangschef in einer nachtblauen Jacke mit silbernen Knöpfen.

Karl hatte nur wenige Male in seinem Leben solche Hotels betreten, durch deren Hallen und Gänge die Schwaden vergangener Herrlichkeit zogen - jenes Elixier aus Havannazigarren, französischem Parfum und frisch geputzten Schuhen. Der Duft stieg ihm lockend in die Nase, und er begann zu verstehen, daß das Leben in einem Hotel sein eigenes Aroma entwickelte. Jetzt kam auch Karl das bereits erwähnte Buch von Thomas Mann in den Sinn, das er vor dem mündlichen Abitur mit dem Gefühl anhaltender Faszination gelesen hatte. Es war ihm, als sei er in den Zauberberg eingetreten. Aber halt - hier war nicht Davos, und über dem Zauberberg lag eher ein morbider Geruch als einer, der Wehmut nach vergangener Glorie erweckte. Karl sah, daß sich vor dem Kachelofen in der Ecke ein einsamer Zeitungsleser postiert hatte. Hinter der hochgehaltenen Tagesausgabe der *Welt* erkannte Karl nur den Scheitel des Lesers, eine flache Stirn und ganz unten hellbraune Hosenbeine mit akkuraten Bügelfalten. War jener Leser vielleicht Ferdinand?

Statt des beleibten Empfangschefs in dunkelblauer Jacke mit Silberknöpfen trat nun eine junge Frau, fast noch ein Mädchen, hinter die Theke. Karl sah, daß sie einen schönen Hals hatte und ihr Lippenstift recht diskret war. Gern hätte er gewußt, wie ihre Beine aussahen.

"Sie wünschen, bitte sehr?" sprach sie ihn an.

Wie immer, wenn er unerwartet angesprochen wurde (besonders von fremden Frauen und Vorgesetzten), fühlte Karl ein inneres Durcheinander und zugleich die Angst, er könne abgewiesen werden. Woher er diesen Reflex hatte, wußte er nicht, obwohl er sich gewiß hundertmal gründlich er-

forscht hatte.
"Ein Zimmer und eine Frage, Fräulein."
"Wie lange möchten Sie bleiben?"
"Das hängt von der Antwort auf die Frage ab."
Sie lächelte geschäftsmäßig. Er spürte, daß es nichts zu bedeuten hatte, jedenfalls nichts Persönliches. Der erste Mensch, dem er in Meran begegnete, war nur eine Maske.
"Bitte, fragen Sie!"
Er nannte den Namen seines Onkels, und sie nickte sofort. "Ja, er wohnt noch im Hotel. Ich glaube, er wartet auf Besuch. Ich telephoniere - sofort."
So geschah es, daß Karl seinen Onkel Ferdinand kennenlernte. Ein braungebrannter Beau, dem man die fünfzig Jahre kaum ansah, kam wippenden Schrittes die Treppe herunter. Er lächelte heiter und verstrahlte eine weltliche Fröhlichkeit, welchen Eindruck der hellgraue Anzug mit der blaßvioletten Krawatte unterstrich. Seine Hände legten sich um Karls Hand - wie die Tatzen eines Löwen um die Pfötchen einer Hauskatze. Karls Hände waren nur gewohnt, den Füllfederhalter oder den Zeichenstift zu führen.
"Du bist also Karl. Wohl eher nach der Mutter geraten. Ein Schnitt von Gertrud im Gesicht und noch mehr von Gertruds Vater. Schön, daß du da bist."
Ferdinand lud seinen Neffen zu einem kleinen Spaziergang durch die Stadt ein. "Dein Zimmer kannst du auch noch später beziehen. Ich schätze - wir haben Zeit." Er verstrahlte eine fröhliche Unrast, und sein zufriedener Gesichtsausdruck signalisierte, daß er vorläufig erreicht hatte, was er wollte. Karl war gekommen. Jener stellte ihm viele Fragen.
"Was hast du in Indien gemacht? Warum bist du gerade nach Meran gekommen? Wie kommst du dazu, mich einzuladen? Hast du hier Freunde?"
Ferdinand blieb bei seinem zufriedenen Lä-

cheln, als Karl ihn mit seinen Fragen anbohrte, und so wirkte er auf Karl wie ein weiser Chinese, der den Lärm der Welt durch Selbstversenkung hinter sich gelassen hat. Doch er verweigerte Karl keine Antwort. Vielmehr blieb er knapp und beließ damit vieles im Geheimnis oder in der bloßen Andeutung, was Karl gerne ausführlicher gewußt hätte. Während sie durch die Alleen von Obermais schlenderten bis hinauf zu den großen Obstgärten jenseits der Staatsstraße, erfuhr Karl nur, daß sein Onkel eine Art inoffizieller Wirtschaftsberater der indischen Regierung gewesen sei - jedenfalls verfüge er, sagte Ferdinand, über diskrete Kontakte zu hochkarätigen Industriellen und zu den Banken der Schweiz. Jetzt habe er gespürt, daß seine Gesundheit nachlasse, und im übrigen habe er sich an Indien und seiner Lebensart satt gegessen. Er habe Heimweh nach der guten alten Mutter Europa. Das war für Karl halbwegs einleuchtend.

Ob er denn nicht verheiratet sei?

"Oh, ich war verheiratet. Gleich zweimal. Aber zweimal mußte ich lernen, daß ich für die Ehe nicht tauge oder die Ehe für mich nichts taugt. Bin eigentlich Vater einer hübschen Tochter, die nichts von mir wissen will, weil sie auf seiten meiner Geschiedenen - es war die erste von den beiden - steht."

Und warum gerade Meran als Zuflucht?

"Erinnerungen, Karl", sagte Ferdinand und setzte dann geheimnisvoll nach Art eines Orakels hinzu: "Es sind die süßen, lockenden Gespenster der Jugend, die mir bis ins ferne Indien folgten und immer wieder in mein Herz flüsterten: 'Du mußt zurückkehren, Ferdinand!'"

"Wahrscheinlich ist es eine metaphysische Frage", stellte Karl fest.

"Du bist ein Abendländer, ein Deutscher, Sohn eines Beamten und dazu noch der Sohn meines Bruders Eduard. Ja, teile nur säuberlich ein: hier die Natur, dort die Übernatur, hier die Logik und dort die Erleuchtung."

Fast hätte er sich ereifert und wäre aus der Rolle des alten weisen Chinesen gefallen - vielleicht nicht schlecht, denn sie paßte nicht zu seinem Äußern.

"Ach, ich habe nur gemeint: Man kann nicht genau sagen, warum man sich gerade in diese Stadt oder in jenes Mädchen verliebt."

"Denkst du oft an Liebe, Karl? Möchtest du gerne verheiratet sein?"

"Wer denkt nicht an Liebe? Aber zur Hochzeit werde ich dich nicht so bald einladen können - es fehlt noch die Braut."

Unter solchen und ähnlichen Gesprächen bummelten sie durch die Obstgärten jenseits der Staatsstraße, nahmen in einer Bar Lemon Soda und Espresso zu sich, wobei Karl auch seit langem wieder in den Genuß einer indischen Zigarette kam. Dann wandten sie sich wieder hin zur Stadt, stiegen hinab zur Sommerpromenade, diesem baumbestandenen Uferweg gegenüber den Kuranlagen. Es schien Karl unter den Bäumen kühler als da drüben, wo der Asphalt alle Hitze verdoppelte und einen Spaziergänger zum Luftschnappen nötigte. Doch von Kühle im eigentlichen Sinn konnte hier drüben auch keine Rede sein, weil die Luft vom tagelangen Sommerwetter mit Wärme und Wasser gesättigt war. Karl deutete sein Empfinden poetisch, indem er zu sich sagte: "Eine Vermählung der Elemente, die den Menschen würgt und drückt." Die Formulierung war es wert, Eingang in sein Notizbuch zu finden. Doch er traute sich nicht, vor Ferdinand den Dichter herauszuhängen. Überhaupt dichtete er am liebsten unbeobachtet. Er fand, daß nur Journalisten in der Öffentlichkeit schreiben sollten. Doch das Wort von der menschheitsbedrängenden Vermählung der Elemente wollte ihm nicht aus dem Kopf, und er kam sich vor wie ein Computer, der sich weigert, ein bestimmtes Datum zu speichern, weil ein Schaltkreis blockiert wurde.

Karl begann nach einigen Minuten des Schweigens wieder zu reden, um das Verlangen nach Poesie und Träumerei zu dämpfen.

"Ich habe Graphiker gelernt", sagte er, "drei Jahre Fachhochschule für Gestaltung und jetzt ein Job bei einer Porzellanfabrik."

"Art deco", sagte Ferdinand und nickte wissend, "ich weiß."

"Woher weißt du?" fragte Karl. Er war überrascht.

"Ich habe an die Redaktion der *Neuen Züricher* telegraphiert und um Auskunft über jenen Dichter gebeten, der den *Rostigen Oktober* geschrieben hat. In Neu-Delhi ein typisch abendländisches Gedicht zu lesen ist nämlich sehr reizvoll." Er sagte das so achtlos, als sei es in Neu-Delhi auch reizvoll, gebratene Schweinswürste mit Kraut zu verspeisen.

"Ach, du meine Güte, der *Rostige Oktober*! Tja", murmelte Karl. Es war wohl gerade ein Dreivierteljahr her, daß ihm die *Neue Züricher* eine Chance gegeben hatte. Allerdings konnte sich Karl trotz der Ehre, die ihm widerfuhr, den typischen Leser dieses Blattes keineswegs als einen lyrikempfänglichen Menschen vorstellen. Er stellte ihn sich vielmehr als einen soignierten Diplomatenkofferträger im Nadelstreifen, mit blank gewichsten schwarzen Schuhen, korrekt gebundenem Schlips und messerscharfem Scheitel, vielleicht auch als Zigarrenraucher mit Bürstenschnitt und Lesebrille vor. Vielleicht war solchen Typen das Gedicht eines Unbekannten ein kurzweiliges Amüsement nach der asketischen Lektüre des täglichen Börsenberichtes. Karl wußte den Anfang seines Gedichtes noch auswendig, denn er hatte es immer wieder gelesen und murmelnd rezitiert, glücklich darüber, daß er gedruckt war.

Es lockt so sonnig Oktoberwetter,
ich schau' hinaus, seh' fallende Blätter.
Auf Blätter fallen auch meine Worte,
Kanzleipapier, die bessere Sorte.
Ich möchte so leicht wie auf Engelsschwingen
in jedes Geheimnis der Welt eindringen.
Doch jäh wird das Rot des Waldes mir rostig,
sein kühler Schatten bedeckt mich frostig ...

Bis hierher reichte Karls Gedächtnis noch, und dazu kam die Erinnerung, daß das Gedicht mit einem Hauch von Resignation geendet hatte. Warum die Kulturredaktion sich ausgerechnet für dieses Gedicht unter den zwanzig, die er eingeschickt hatte, entschied, blieb ihm ein Rätsel. Es klang doch herkömmlich, und seine Form war geradezu primitiv. Die Literaturgazetten, denen er die Gedichte vorlegte, ließen ihn sämtlich abblitzen, und einer der Herren Sachwalter in moderner Lyrik hatte ihm den sowohl väterlichen als auch unverschämten Rat erteilt: "Entwerfen Sie lieber Kaffeetassen und Nippes. Der Markt ist groß, und die Leute haben Geld für so was."

"Es war dieses Gedicht, Karl, das mich neugierig machte auf dich", sagte Ferdinand. In diesem Augenblick fiel von oben ein großer Tropfen auf seine Schulter.

"Baumschweiß", sagte Karl. Das Wort kam ihm gerade in den Sinn, und er mußte lachen. Sie lachten beide. Irgendwie fand Karl es befreiend. Mit seinem Vater hatte er niemals gemeinsam gelacht.

"Ich stellte mir vor, wie du an einem Fenster sitzt und gerade nach Osten schaust, dort, wo Indien liegt. Es war mir, als wolltest du sagen: 'Komm, Ferdinand, das rostige Rot und die eisigen Schatten sind auch für dich.' Tja, nach einem Vierteljahrhundert Indien und Südsee wieder einmal ein deutscher Herbstwald - oh Mann, das lockte mich."

"Aber deswegen läßt man doch seine Geschäfte nicht liegen."

"Ein Mann meines Alters muß mal was Dummes tun. Im übrigen kann man Geschäfte überall treiben. Ich werde hier ein Büro eröffnen. Unternehmensberatung. Das Firmenschild habe ich schon entworfen."

"Ach so", sagte Karl. "Und was soll ich dabei?"

"Gar nichts", gab Ferdinand zurück, "baue dir ein Leben auf! Nach deinem Geschmack. Oder soll ich sagen: Finde erst mal Geschmack am Leben! Meran ist eine vorzügliche Bühne, um das Leben spielen zu lassen. Ich will dich fördern, denn du bist Zukunft, Karl. Meine Zeit erfüllt sich allmählich."

Karl wußte nichts darauf zu sagen. Gewiß hatte Ferdinand Geld. Geld ist nicht schlecht, sagte sich Karl. Und welcher Dichter wünscht sich nicht einen Mäzen? Doch fremdes Geld macht abhängig. Und dabei ist es immer die Frage, von wem man abhängig ist. Er kannte Ferdinand erst seit einer Stunde.

Wer war Ferdinand in Wirklichkeit? Mal sehen.

* * *

Meran, Burggrafenamt. – Seltsamer Weltwinkel, den sich Römer, Franken, Bajuwaren, Tiroler und das Haus Habsburg ausgesucht hatten, um hier zu leben, zu bauen und zu sterben. Hoch droben glitzerte ewiger Firn, und tief drunten dampften die Tropen. Das Tal der Passer war eine gewaltige Scharte im südlichen Alpenrücken und spie sein Wasser hinein in die Stadt, wo auf dichtem Raum sich Epochen und Stile drängten. Mittelalter, Barock, Fin de siècle und die Moderne – Meran konnte von jedem etwas vorzeigen wie eine alte Dame mit einem Schmuckkästchen voller Erbstücke. Die Natur zeigte sich noch üppiger: Palmen, Reben, Obstgärten, Rabatten und grünes Gestrüpp milderten den städtischen Eindruck, und von Schenna oder Dorf Tirol aus wirkte die Stadt, als schlafe sie seit uralten Zeiten in einem grünen Bett. Nur die Schneisen der Alleen und Straßen zeigten, daß Leben in ihr war; denn dichter Verkehr pulste darin auf und nieder.

Karl hatte die erste Nacht in seinem hohen, luftigen Hotelzimmer ohne sonderliche Störungen verbracht, sich lange lauwarm geduscht und gründlich rasiert, ehe er mit Ferdinand an einem runden Tisch im grünseiden tapezierten Breakfastroom des Hotels ein kräftiges Tiroler Frühstück einnahm. Es gab Schwarzbrot, Milch, Kaffee, Orangensaft, Speck, Käse, Eier und Honig. Karls Appetit ließ wundersamerweise nichts zu wünschen übrig. Hatte er sich doch gestern noch vor der Anpassung an das neue Klima gefürchtet.

"Gott sei Dank! Nicht die prima colazione, ich meine das italienische Hungerfrühstück aus Cappuccino und Kaugummisemmel", scherzte Karl, doch Ferdinand nahm den Scherz nicht an. Er war ernst, hatte die Morgenzeitung neben den Teller gelegt und warf ab und zu einen Blick auf die obere Hälfte des Titelblattes.

"Ich muß heute zur Bank. Ein Konto einrichten und so. Du kannst so lange in die Altstadt. Es ist noch kühl, und du wirst sehen, wie die Stadt allmählich in Schwung kommt. Vergiß nicht, die Pfarrkirche zu besichtigen, und schlendere dann die Lauben hinunter zum Vinschgauer Tor. Ich erwarte dich dort um halb elf. Dann sehen wir weiter."

Karl war enttäuscht über den geschäftlichen Ton und die knappen Anweisungen Ferdinands. Er betrachtete die weißen Blumengirlanden auf dem matten Grün der Tapete, gerade über dem Tisch, wo ein Neger und eine brünette Schönheit Tee schlürften und in einem harten Französisch miteinander parlierten.

"Was die über uns wohl denken?" Ein- oder zweimal hatte der Neger herüber gegrinst. "Ich könnte Ferdinands Sohn sein, obwohl ich ihm nur ganz entfernt ähnlich sehe." Karl stellte sich oft vor, was fremde Menschen möglicherweise über ihn dachten, und beurteilte vor sich selbst diese Gewohnheit als einen unproduktiven Überschuß an Phantasie.

Also ging er nach dem Frühstück, wie Ferdinand es befohlen hatte. Zuerst steuerte er die Pfarrkirche des Heiligen Nikolaus an. Ein Priester las gerade vor knapp zwei Dutzend Gläubigen die Heilige Messe. Karl kam gerade, als die Gläubigen das *Sanctus* beteten. "Danach mußt du in die Knie gehen", sagte er sich. Doch er tat es nicht. Wohl sieben oder acht Jahre lagen zurück seit er Ministrant gewesen war. Mit Stolz und Eifer hatte er den Priestern das Meßbuch vorausgetragen, die Schellen geläutet und an hohen Festtagen das Rauchfaß geschwenkt. In jene Zeit als Meßdiener fiel auch sein Beginn als Dichter. Meistens schloß er sich am Sonntag nach der Heiligen Messe in sein Zimmer ein und erfand Geschichten, die in wilden, kriegerischen Zeiten spielten, aber stets mit dem Sieg des Guten endeten. Darüber hatte sich sein Vater geärgert, der ab einem gewissen Alter des Sohnes jenen lieber zum Frühschoppen der Schützengarde oder zu einem Waldspaziergang unter Männern mitgenommen hätte. Damals lockten aber die Putten und die Heiligen auf den Altären Karls Phantasie, und der erhabene Klang der liturgischen Sprache setzte sich in ihm fest, daß beides, die Bilder und die Klänge, seinen eigenen Ausdruck formten und er die leeren Seiten gebrauchter Schulhefte vollschrieb. Und Karl erschrieb sich nach und nach eine Welt, wobei er nicht darauf achtete, ob sie mit dem zusammenstimmte, was er selbst tagtäglich erlebte. Er wollte ja nicht protokollieren, sondern fabulieren. Kurz vor seinem achtzehnten Geburtstag erlosch aber der Eifer für die Kirche, und er hörte auch für eine Weile auf zu schreiben. Jedenfalls schrieb er später nicht wieder solche Geschichten, in denen der Sieg des Guten von vorneherein feststand. Schuld an diesem Einschnitt in sein Leben trug ein schwächlicher Mensch im Priesterrock, der sich dazu hinreißen ließ, Karl mehr als nur platonisch zu lieben. Doch das lag weit zurück, und Karl wollte sich jetzt, da der Priester vorne am Altar das reine weiße Brot des Leibes Christi in die Hände nahm, nicht im Morast vergangener Tage wälzen. Er hatte sich damals noch rechtzeitig aus der Affäre gezogen, ehe es einen Skandal gegeben hätte.

"Nehmet hin und esset alle davon. Das ist mein Leib, der für euch hingegeben wird."

Karl wußte noch die Lehre der Kirche von der geheimnisvollen Verwandlung des Brotes in den mystischen Leib Christi. Ja, mystisch, das war ein wichtiges Wort, um dem Wesentlichen der Messe auf die Spur zu kommen. Doch er wußte nur noch von der Lehre, ohne daß sein Herz nach dem brannte, was da vorne gemäß dieser Lehre geschah. Die Riten der katholischen Kirche bedeuteten ihm persönlich nicht mehr als eine respektable Tradition des Abendlandes, ähnlich wie die Logik des Aristoteles, die Geometrie des Euklid oder die *Göttliche Komödie* von Dante. Er gehörte nicht zu denen, die dieser Tradition den Respekt verweigerten, aber mehr als Respekt war bei ihm nicht drin. Er hatte ein weiches Herz und würde es nie fertigbringen, aggressive Worte gegen die Kirche zu gebrauchen. Duldung ohne Parteinahme schien ihm klüger als jener kritische Touch, der manche Menschen ganz schön eingebildet und hochmütig werden ließ. Immerhin kannte er besser als manche ihrer Kritiker das Innenleben der Kirche, war ihr treu geblieben, solange er konnte, und erinnerte sich gerne daran, daß der Pfarrer ihm einmal eine Bibel, ein Taschenmesser und ein Paar Turnschuhe geschenkt hatte - für fleißiges Ministrieren und tatkräftige Hilfe bei der Kirchenreinigung.

"Nehmet und trinket alle daraus. Das ist der Kelch des neuen und ewigen Bundes, mein Blut, das für euch und für alle vergossen wird zur Vergebung der Sünden. Tut dies zu meinem Gedächtnis."

Im gebrochenen Sonnenlicht, das durch die bunten Fenster der Nikolauskirche flutete, blitzte der goldene Kelch, und es ertönte wie schon bei der Erhebung des Brotes ein dreifaches Klingelzeichen. Karl machte jetzt doch eine Kniebeuge - wenn es auch nicht mehr wie früher war mit ihm und der Kirche, so wollte er diese Veränderung durch das Unterlassen der Kniebeuge nicht demonstrieren. Er fragte sich, ob auch Ferdinand vor dem erhobenen Kelch in die Knie gegangen wäre. Und wenn ja, ob aus echtem Glauben oder aus bloßer Opportunität. Karl zweifelte an beiden Möglichkeiten, denn Ferdinand erschien ihm als ein stolzer, unabhängiger Mensch, der vor keiner himmlischen Macht zu Boden sinken würde.

Nachdem die Gemeinde ihren Antwortruf auf die heilige Handlung gesprochen hatte, verließ Karl die Kirche. Er hatte ja nicht die Messe mitfeiern, sondern nur die Altäre und die Heiligenbilder betrachten wollen. Bestimmt würde sich hierfür noch Gelegenheit finden. Draußen strahlte wieder die Morgensonne auf ihn herab. Er sah zu, wie der Obsthändler auf dem Domplatz aus einem verbeulten Kleinlastwagen seinen Stand mit Kisten voller Pfirsiche, Birnen und Tomaten belud, und ging dann hinunter durch den Laubengang mit seinen dichtgedrängten Schaufenstern, wo sich Käse, Antiquitäten und die kommende Herbstmode für Damen aneinanderreihten. An einem Kiosk erstand er zwei Journale, eines über Autos und eines über Möbel. Dort wo der Laubengang aufbrach, spazierte er hinüber zur Passer und kaufte an einem zweiten Kiosk Zigaretten und eine Ansichtskarte, die er seinen Eltern schreiben wollte. Gerne hätte er das Kurhaus betreten, doch ein hoher Bretterzaun verwehrte ihm den Zutritt. Auf einem Gerüst werkelten gut fünf Meter über ihm drei Stukkateure. Sie sprachen italienisch miteinander.

Meran ist nicht groß genug, um ausgiebig darin zu bummeln, so wie auf den Boulevards von Paris oder in den Straßen von Rom. Karl fand die Stadt heimelig, ohne sie als provinziell zu verachten. Er konnte sich vorstellen, in einem Erker- oder Dachzimmer zu leben und Entwürfe in Dichtung und Design anzufertigen. Auf der Passerpromenade, dieses Mal der asphaltierten, die auch im Winter gangbar war, traf er einen Maler, der gerade seine Staffelei aufbaute. Karl sah ihm zu, der Maler bemerkte wohl seine interessierten Blicke und fragte ebenfalls interessiert:

"Malen Sie auch?"

"Man kann es eigentlich nicht Malen nennen. Graphik."

"Ah, ich verstehe. Schilder und Plakate?"

Er verstand nicht ganz; denn Karl entwarf ja Tassen und Teller. Dazu klang der Maler mit seinem prächtigen Vollbart, den schon einige Silberfäden zierten, etwas enttäuscht - so als habe er feststellen müssen, daß Karl die höheren Weihen eines freischaffenden Künstlers fehlten.

"Geschirr vor allem", sagte Karl. "Aber manchmal hätte ich gern ein Auge für die Landschaft."

"Es ist nicht allzu schwer. Aber -", der Maler zögerte und sah Karl in die Augen. Er blickte väterlich und scheinbar zufrieden drein, doch Karl schien der Glanz in des Malers Augen nicht echt. Ein Schimmer von Traurigkeit spielte um die Pupillen bis hinaus in die Augenwinkel. Karl fühlte, es war der Schimmer, der allen Künstlern in den Augen steht, wenn sie schon lange um den rechten Ausdruck für ihr Sentiment und ihre Imagination gerungen haben.

"Aber -", sagte der Maler jetzt, "ich mache es schon so lange, daß es mir nur leicht vorkommt und gar keine echte Kunst mehr ist. Wissen Sie, ich male sehr viel, weil ich davon leben muß. Habe wohl die gängigsten Techniken und Effekte schon ausprobiert. Deswegen ist der Reiz des Anfangens, wenn man einen neuartigen Pinsel oder ein anderes Papier ausprobiert, kraftlos geworden. Manchmal bin ich meiner selbst überdrüssig und möchte kein Maler mehr sein, aber ich hab's mir halt angewöhnt. Ich *muß* weitermachen. Verstehen Sie, ich *muß*! Die Malerei ist meine Liebe, mein Abgrund, meine Heimat und vielleicht auch mein Verderben ..."

Karl fühlte, daß der Mann Vertrauen gefaßt hatte. Er wollte es erwidern und beschloß, seine Anschauungen über Kunst in das Gespräch einzubringen.

"Vielleicht", sagte Karl und wollte sich ganz vorsichtig ausdrücken, "vielleicht gibt es einen Punkt oder eine Stufe für den Künstler, wo seine Gnade in Verdammnis umschlägt. Ich meine, es ist ja ein ungeheurer Vorgang, daß ein einzelner Mensch aus sich heraus eine ganze Welt erfindet. Vielleicht ist erfinden nicht das richtige Wort; denn ich befasse mich sehr mit Literatur, und bei diesem kreativen Geschäft spielt die Erfindung ja eine wichtige Rolle ..."

"Ach", unterbrach ihn der Maler fast mitleidig, "glauben Sie denn, ich müßte nichts erfinden? Der Augenschein trügt, gewiß, denn ich stehe ja für den Betrachter hinter meiner Staffelei vor einer Realität, die Sie als Betrachter auch anschauen können, während die Realitäten des Dichters für seinen Leser unsichtbar bleiben. Aber das ist doch eine oberflächliche Unterscheidung. Das ist die Ästhetik der Straße. Auch ich muß in Wahrheit *erfinden*, denn ich spüre bei jedem Bild, daß mein Motiv im Grunde nur eine Anfrage oder eine Provokation ist so wie für den Dichter seine

Stichworte und Klangketten. Ich kann die Realität nicht ein zweites Mal machen, und es ist auch unmöglich, sie ein zweites Mal *machen zu wollen*. Was ich male, muß ich erst finden ..."

Karl begriff, daß der Maler ihm seinen Begriff vom Wesen der Malerei darzustellen versuchte.

"Mit dieser Diskussion wird es nie ein Ende haben. Unter uns nicht und in der ganzen Menschheit nicht, so lange sie besteht."

Der Maler lächelte, als Karl so klug und abgeklärt zu reden versuchte, und fragte ihn: "Haben Sie eine Zigarette für mich?" Er hatte das Päckchen zwischen den Zeitschriften in Karls rechter Hand erspäht.

Karl schenkte ihm das ganze Päckchen. "Nehmen Sie nur. Damit Sie ungestört malen können."

"Sie sind so was wie ein Mäzen", sagte der Maler. "Es ist wahr: Über Kunst zu reden ist eine unendliche Geschichte. Aber ich habe auch keine Lust mehr, darüber zu reden. Lieber möchte ich die Kunst tun."

Und der Maler stand hinter seiner Staffelei, nahm aus einem altertümlichen Holzkasten ein Stück Zeichenkohle und begann sein Bild mit einer horizontalen Linie in der unteren Hälfte der Leinwand. Sie sollte wohl das gegenüberliegende Ufer der Passer markieren, dort wo Karl und Ferdinand gestern entlang geschlendert waren.

* * *

Wenn die Ärztin Bettina St. ihre Praxis in einer kleinen Allee beim verlassenen Hotel Venosta geschlossen hielt, dann widmete sie sich am liebsten ihrer Häuslichkeit droben in Obermais. Jene Häuslichkeit bestand in einer respektablen Villa hinter Fliederbüschen und Rosensträuchern, ein Anwesen, das Bettina von ihrem Vater, einem ehedem berühmten Tropenarzt, geerbt und zu einem heimeligen Refugium ausgebaut hatte. Als lediger

Ärztin war es ihr bei der einkömmlichen Stadtpraxis sogar möglich gewesen, den Zimmern der Villa ein geschmackvolles Interieur aus gediegenen Hölzern und edlen Stoffen zu geben. Besorgt wurde die Villa samt Garten von einem älteren Hausmeisterehepaar, das auch schon in des verstorbenen Vaters Diensten gestanden hatte. Denn manchmal ging Bettina auch auf Reisen, und es mußte dann jemand dafür sorgen, daß aus dem Schmuckstück nicht unversehens ein Dornröschenschloß wurde.

An jenem Tag, als Karl den Maler traf, stand Bettina in ihrer Küche und bereitete ein Mittagessen zu, dessen Duft im Treppenhaus verheißungsvoll auf und ab schlich, daß Toni, der Hausmeister, schon ein paarmal geschnuppert hatte. Tomatensuppe, Knödel und Geselchtes, dazu einen bunten Salatteller und als Nachspeise ein Zitronensorbet hatte sie als Mahlzeit für sich und ihre beiden Gäste hergerichtet. Sie wußte, daß der eine, nämlich Ferdinand, dieses Essen bestimmt nicht verschmähen würde. Hatte er doch bei seiner Ankunft in Meran die Jugendfreundin mit dem Spruch begrüßt: "Nach Reis und Bambussprossen in all den Jahren mußt du unbedingt was Deftiges kochen. A paar Knödel wärn scho fei." Dabei hatte er versucht, charmant österreichisch zu parlieren, was ihm, dem Fremdsprachengenie, allerdings nur insoweit gelang, daß es wirkte wie eine freie Parodie. Seinen Neffen, den Ferdinand gestern abend telephonisch angekündigt hatte, konnte sie sich nicht vorstellen. Sie hoffte nur, daß er gegen Knödel und Selchfleisch keine ernsten Vorbehalte hegte. "Vielversprechender Kerl. Weltoffen und geistreich." So hatte er ihn charakterisiert. "Typisch männliche Beschreibung", dachte Bettina. Sie interessierte vielmehr, ob der vielversprechende Kerl mitfühlend empfindsam und von einer guten Bildung des Herzens war. Ironische Menschen, die sich beim Reden fortwährend verstellten, widerten Bettina an. Aus einiger Erfahrung mit Menschen kannte sie diese sich harmlos gebärdende Art der Falschheit, auch wenn sie sich mitunter dabei ertappte, sie selbst gepflegt zu haben.

In der Küche arbeitete sie jetzt mit umgebundener Schürze und in weiten weichen Pantoffeln. Sie würde sich erst zum Essen umziehen. Wenn es ihr ärztlicher Dienst erlaubte, dann zog sie sich dreimal am Tage um: Arztkittel, Hausfrauenlook und die feinen Kleider, in denen sie sich erst richtig als Frau fühlte, wozu ein dezentes Parfum gehörte; denn der Geruch von Desinfektionsmitteln war ihr bei aller ärztlichen Routine noch immer ein lästiges Nasenübel. Für heute hatte sie ein hauchdünnes Batikkleid mit blaßgelben Lampions auf tiefblauem Grund aus dem Schrank gehängt. Es wirkte ein wenig japanisch, doch die Rocklänge entsprach dem europäischen Geschmack: knapp über die Knie. Dazu wollte sie neue weiße Pumps mit hohen, dünnen Absätzen tragen. Nach Meraner Maßstäben nicht extravagant, aber mit persönlicher Note und einem gewissen Pfiff, was einer unabhängigen Frau schließlich zustand, die in ihrer Patientenkartei etliche Politiker der Südtiroler Volkspartei, Geschäftsmänner und Obstplantagenbesitzer führte.

Bettina kochte gerne, wie sie gerne auch Teppiche knüpfte und Seidentücher bemalte. Dann kam ihre Phantasie zur Sprache. Als Ärztin hatte sie immer nur zu therapieren und zu reparieren - da kam die urtümliche Ausdruckskraft ihrer Seele zu kurz, das Schöpferische, das sie bei ernster Betrachtung so geheimnisvoll und lockend fand. Auch der Küchenschrank, worin sie Geschirr und Gewürze aufbewahrte und die Kasse mit dem Kleingeld versteckte wie einst ihre Mutter, war ein Stück ihres schöpferischen Tuns. Auf einem Bauernhof hoch droben bei Hafling hatte sie ihn entdeckt und die verwitterte Malerei mit Lack und Pinsel eigenhändig aufgefrischt.

Die Hausglocke läutete pünktlich zur verabredeten Zeit, und Bettina hatte ihren elektrischen Herd gerade auf die kleinste Wärmestufe gestellt. Alles fertig. Sie öffnete unten durch den elektrischen Türöffner und erwartete ihre Gäste an der Wohnungstür oben. Ferdinand kam als erster die Treppe herauf. Karl folgte ihm. Für den Besuch hatte der Jugendfreund sich leger gekleidet: Fliegerbluse in Grün und eine strohfarbene Leinenhose mit Bundfalten und an seinen zierlichen, etwas unmännlichen Füßen blaue Stoffschuhe mit Bastsohlen.

"Heiß heute, Bettina, nicht wahr?"

Die Begrüßung hätte aus einem drittklassigen Lustspiel stammen können, doch das war Bettina nicht neu: So fing Ferdinand immer an. Seine persönliche Note bestand nicht darin, daß er sich irgendwie schöpferisch betätigte, er hatte vielmehr alles ausgeborgt. Seine Art zu lachen, seine Art zu gehen, seine Art zu reden - mal fühlte sich Bettina an Frank Sinatra erinnert, mal an Robert Redford, und er verstand sich auch auf den eiskalten Charme eines Alain Delon. Mit dieser Maske hatte er sie schon in Indien bei den Teestunden im Hause ihres Vaters neugierig gemacht, als sie noch ein Mädchen und er bereits ein flotter Dreißiger gewesen war.

Er hatte dunkelrote Rosen mitgebracht. Bettina brauchte nicht lange zählen, wieviel es waren. Dreimal drei Rosen, das gab neun. Ferdinands alte Vorliebe für sprechende Zahlen hatte beim Blumenkauf gesiegt. Als sie die Blumen mit einem freundlichen "Danke, Ferdinand!" in Empfang nahm, bemerkte sie Karl erst richtig, streckte die freie Hand hin, wobei Ferdinand etwas verlegen sagte: "Das ist Karl."

Und Karl setzte hinzu: "Ich bin der Neffe."

Bettina führte ihre Gäste in ihr Reich, und Karl bekam einen ersten Eindruck gediegener Häuslichkeit in einer alten Meraner Villa. Er blickte flüchtig auf die Bilder, Tapeten, Bücherregale, Stehlampen, Sessel und registrierte auch die hellen, freundlichen Gardinen. Er fand, daß alles zueinander paßte, ohne daß es aussah, als habe man die Wohnung nach dem Katalog eines Möbelhauses eingerichtet. Trotz der Harmonie im Stil war die Einrichtung nicht nullachtfünfzehn. Bettina führte ihre Gäste zunächst in das halbdunkle Wohnzimmer. Die hölzernen Läden zum Balkon waren nach innen gerückt, so daß nur ein fingerbreiter Spalt Aussicht auf die Baumkronen in der Via Dante gewährte.

Karl war alles noch fremd, und er hatte das Gefühl, sich hölzern und steif zu bewegen. Die Ärztin erwies sich zu seiner angenehmen Überraschung als eine geistreiche Frau. Sie sprach kaum von ihrem Beruf, sondern hauptsächlich von schönen Dingen wie einem Violinkonzert, das sie vor zwei Tagen gehört hatte. Ihre Gesichtszüge fand Karl durchaus klug, wenn auch die Nase in ihrem Gesicht etwas allzu deutlich hervorstand. Ihre Augen sprachen mehr als der Mund. Karl sah Leben und Feuer um die Pupillen spielen, doch es blieb ihm verborgen, welche Sprache diese Augen sprachen. Ihre Lippen freilich ergaben zusammen mit den sanft geschwungenen Wangen einen Ausdruck von Milde, während das vorgeschobene Kinn Beharrlichkeit andeutete. Obwohl sie, wie sie Karl verriet (was Ferdinand natürlich wußte), "alleine im Leben stand", wirkte sie weder traurig noch einsam. Wissend und klug und dabei unabhängig war sie. Zu allen Zeiten gab es solche Frauen, die sich aus geheimnisvollen Gründen nicht als Ehegattin und Mutter zu bewähren suchten, sondern die Etikette der Menschheit brachen und abgesondert ein Leben in unvernutzter Weiblichkeit führten. Die Männer aller Zeiten haben die wissenden Frauen abwechselnd gefürchtet, gehaßt und besungen. Die Gefürchteten verwahrten politische Macht in den Händen, die Gehaßten verbrannte man(n) als Hexen und Ketzerinnen, während die Besungenen vom Männergeist als Venus oder Diotima verewigt wurden. Und alle alten Kulte, die von Priesterinnen gefeiert wurden, nützten die Einrichtung der wissenden Frau. Bettina sah Karl immer wieder an. Nicht eindringlich, aber doch bestimmt, so daß Karl unsicher wurde, ob sie sich für ihn interessierte und welcher Art ihr Interesse war.

Zum Aperitif nahm Karl ein großes Glas Campari mit Sodawasser, Eiswürfeln und Zitrone, während Ferdinand sich ein eigenes Gebräu aus den Flaschen der Hausbar mixte. Bettina beschränkte sich auf Orangensaft mit einem winzigen Schuß Sekt.

"Tut euch keinen Zwang an", sagte sie, "ich will nüchtern bleiben."

Als sie vom Wohnzimmer in das Speisezimmer auf der rückwärtigen Seite des Hauses überwechselten, konnte Karl seine Gastgeberin besser sehen, denn das Speisezimmer lag im Schatten, und so war es nicht wie im Wohnzimmer nötig, die Läden wegen der Mittagshitze zu schließen. Das Mittagessen schmeckte Karl trotz des üppigen Frühstücks ausgezeichnet, und er trank reichlich von dem herben Rotwein, der beim Trinken einen leicht kratzigen Nachgeschmack in der Kehle hinterläßt, was zum Südtiroler Roten einfach dazugehört.

Sie beendeten das Essen mit Espresso und Likör. Während der Mahlzeit hatten sie nicht viel gesprochen. Ferdinand schwieg sich über seine Geschäfte aus und erzählte Bettina nur, daß Karl ein Dichter sei, welcher Titel wiederum Karl zu hoch gegriffen schien, so daß er protestierte.

"Ich bin doch kein Dichter", meinte er, worauf Bettina gütig, aber entschieden sagte: "Woran du wirklich glaubst, das bist du, Karl."

Ein nachdenklicher Satz. Als Ferdinand den grünen Pfefferminzlikör in Karls Glas und den braunen Curacao in das seinige goß, während Bettina nur Espresso trank, kam das Gespräch wieder in Gang, und Karl wurde von Bettina aufgefordert zu sagen, welche Bücher ihm sehr viel bedeuteten. Diese Frage, für einen belesenen Menschen nicht schwer zu beantworten, kam Karl nach dem reichen Essen, dem Wein und dem Likör gar nicht gelegen - seine Gedanken hatten sich eingetrübt, und er überlegte, wie er es anstellen könnte, einmal mit Bettina allein zu sein und sie zu streicheln.

"Ich denke nach", sagte Karl, "nicht leicht zu sagen."

Er schwieg einige Sekunden, dann schaltete sich Ferdinand ungeduldig in das Gespräch ein und grinste zu Bettina hinüber. "Frag ihn vielleicht nach Goethe. Der ist immer gut."

"Examinier ihn doch nicht!" sagte Bettina, und wieder wurde ihr Tonfall energisch. Ihre schönen, sanften Lippen hatten sich in Abwehrstellung zusammengekrampft. Karl entging diese Veränderung ihres Gesichtes nicht, und er fühlte, daß Bettina ihn beschützte.

"Goethe - ja", sagte Karl etwas schleppend. Und dann sprudelte es aus ihm heraus: "Die Kunst ist lang, das Leben kurz, das Urteil schwierig, die Gelegenheit flüchtig. Handeln ist leicht, Denken schwer; nach dem Gedanken handeln unbequem ..."

Karl brach ab. Der Faden war ihm gerissen.

"Wilhelm Meisters Lehrbrief", sagte Bettina und lächelte vergnügt. "Du kennst dich aus. Wenn einer den *Wilhelm Meister* zu kennen glaubt, dann kommt er meistens auf Mignons Lied, dessen Anfang alle Welt weiß: 'Kennst du das Land, wo die Zitronen blühn?' Und wer sich ganz allgemein als Goethe-Jünger betätigt, zitiert halt den *Faust*. Ich will dich aber nicht prüfen. Vielleicht ist es für dich viel wichtiger, daß du ein Dichter sein willst.

Die meisten seelischen Leiden der Menschen, die wir Frust oder - wissenschaftlicher - Neurose nennen, rühren doch nicht daher, daß einer unglücklich ist, weil er nicht *kann*, sondern daß er sich nicht getraut *zu wollen, was er könnte*."

Dieser letzte Satz beschäftigte Karl noch lange, auch nachher, als sie zu dritt in Bettinas Cabriolet nach Zenoburg und Dorf Tirol hinauffuhren. Ob sie dieses Wort vom Können und Wollen nur auf Literatur und verwandte geistige Dinge bezog? Karl fand es reizvoll, mehr über Bettina zu erfahren.

* * *

Wenn einer für längere Zeit in eine fremde Stadt zieht, dann wird er sich später noch gut an die ersten Tage in dieser Stadt erinnern, da ihm das Fremde nach und nach vertrauter wurde. Karl erinnerte sich noch gut an den Tag seiner Ankunft und den Tag danach, als er zum ersten Mal mit Ferdinand und Bettina zusammensaß. Als Bettina ihn verlassen hatte und er sich ein letztes Mal in die Pfarrkirche des Heiligen Nikolaus flüchtete, stand ihm alles wieder deutlich vor Augen. Die Tage und Wochen danach konnte er nicht mehr so deutlich voneinander trennen und scheiden. Nur bestimmte Entwicklungen zeichnete sein Gedächtnis noch nach. Sie glichen geschwungenen Linien, wobei die Schwingungen nach oben Fortschritt, jene nach unten aber Stagnation bedeuteten.

Es brauchte kaum eine Woche, daß Karl den festen Vorsatz faßte, das Angebot seines Onkels anzunehmen und sich in Meran häuslich niederzulassen. Er hatte nämlich gespürt, daß er nicht länger allein die gesammelten Bilder und Worte seiner Phantasie umwälzen und daraus Dichtungen schaffen konnte. Seine Phantasie hungerte nach neuer Nahrung, und er fand nach kurzem Wägen der Gründe, daß Meran ihm die verlangte Nahrung reichlich bieten konnte. Vielleicht sollte er sich erkühnen, ein Drama oder gar einen Roman zu schreiben. Wie am Morgen die Bars und Cafés ihre Läden hinaufzogen und bei Sonnenschein die Markisen herabließen, wie es nach taufrischen Blumen, nach warmem Brot und aufgebrühtem Kaffee roch, in welche Mixtur der Gerüche sich der Duft einer Pfeife oder Zigarre mischte ... Wie die Motorräder beim Start aufheulten, die Autos vor dem Zebrastreifen mit den Bremsen quietschten, die Glocke zur Morgenandacht läutete und aus einem Radiogeschäft die Stimme einer Ansagerin oder eines Popstars drang ... Wie die Einheimischen zur Arbeit hasteten und die Touristen auf den Trottoirs schlenderten, dabei Stadtpläne oder Wanderkarten entfalteten oder nach Straßenschildern ausspähten oder ihre Begleiterin für ein Erinnerungsphoto posieren ließen ... All das und noch vieles mehr ergab in Karls Dichterseele die rechte Stimmung für einen Roman. Freilich war ihm nach der Lektüre eines Handbuches für Schriftsteller und Journalisten, welches ihm Ferdinand eines Tages neben den Frühstücksteller geschoben hatte, klar geworden, daß er auch einen handfesten Stoff brauchte. Allein in Stimmungen zu schwelgen, wie er es bisher beim Schreiben von Gedichten getan hatte, reichte für ein größeres Werk nicht aus. Er mußte Menschen erfinden, über die er alles wußte und deren Wesen er nach und nach erzählend enthüllte. Das war leichter gedacht als getan. Vielleicht war es nötig, erst einmal ein paar meisterlich geschriebene Romane zu lesen, um zu erspüren, worauf es bei der Erfindung und Gestaltung eines Menschenschicksals ankam. So hielt sich Karl während der ersten Tage lange in der großen Buchhandlung nahe des Laubenganges auf und versuchte unter den dort ausgelegten Romanen und Erzählungen zu erkunden, welche Art zu erzählen ihm am besten gefiel.

Er schrieb dann auch bald, aber nicht an den Studien zu dem geplanten Werk, sondern Briefe. Zuerst schrieb er seinen Eltern eine längere Epistel, worin er ihnen darlegte, daß er eine Luftveränderung benötigte. "Es zeigen sich gute Möglichkeiten für mein äußeres und inneres Fortkommen. Die Firma Walden und Theiner ist an meinen Entwürfen durchaus interessiert." Karl schrieb sachlich und geschäftlich. Von Dichtung und Phantasie konnte er seinen Eltern nicht schreiben, denn dafür fehlte vor allem Eduard jedes tiefere Verständnis. Wenn er seine Entwürfe für Walden und Theiner erwähnte, meinte er natürlich den Brotberuf: Zeichnungen und Modelle für Einrichtungsgegenstände. Daß Ferdinand jene Firma schon zwei Tage nach Karls Ankunft in Meran praktisch aufgekauft hatte, wußte Karl nicht. "Onkel Ferdinand ist immer zuvorkommend, und Ihr müßt Euch wirklich keine Sorgen um mich machen. Die Landschaft ist einzig, und ich genieße den himmelweiten Unterschied zwischen den kahlen Bergspitzen der Texelgruppe und dem wuchernden Grün im Tiefland zwischen Etsch und Passer." Hier beschrieb Karl in einem längeren Abschnitt des Briefes die Landschaft und wurde ein klein wenig romantisch. Vielleicht würde Gertrud seinen Vater überreden, auf ein paar Tage in den Süden zu fahren. Wenn er nach einem Menschen zu Hause nur einen Funken Sehnsucht in sich hüpfen spürte, dann war es Gertrud, seine Mutter. Durch und durch ein folgsames Wesen, hatte sie sich den Vorstellungen Eduards bis zur Selbstaufopferung angepaßt und verstand diese Anpassung als Treue, Opfermut und Familiensinn. Karl wünschte ihr, daß auch sie ein paar Züge in der Atmosphäre tun konnte, die er jetzt immer heftiger und nachhaltiger atmete.

Solange Sommer und Herbst andauerten, unternahmen Ferdinand und Karl mit dem Auto zahlreiche Ausflüge und Reisen in die Alpen und nach Italien. Ferdinand schien das Wiedersehn mit der "alten Mutter" Europa (wie er sich häufig ausdrückte) sehr zu genießen. Mehrere Male umfuhren sie den Gardasee, spazierten durch Riva und die kleinen Fischerdörfer weiter abseits. Wenn sie den Wagen an einer einsamen Stelle stoppten, betrachteten sie gemeinsam das schillernde Auf und Ab der Wellen. Dabei versuchte sich Karls Phantasie mehr als einmal an der Vorstellung, wie die Landschaft wohl aussähe, wenn der See aus irgendeinem Grund verschwände, vielleicht austrocknete oder in eine riesige unterirdische Kaverne einbräche, was schon in Amerika vorgekommen sein sollte. Vielleicht kämen die schlingpflanzenüberwucherten Reste einer uralten Kultur zum Vorschein, eine Art Atlantis zwischen Alpen und der Lombardei. Und vielleicht schliefen noch irgendwelche Wesen jenes versunkenen Landes dort unten in den Abgründen, wo das Wasser ganz still war und wohin weder Licht noch Wind vordrangen. Karl behielt diese Bilder für sich, denn sie schienen ihm gewagt, und er wollte sie Ferdinand nicht mitteilen. Ferdinand war kein Träumer. Für die Natur hatte er immer nur dieselben Worte übrig: gewaltig, faszinierend, lieblich, idyllisch, blendend, selten, edel ... Er sprach nie in ganzen Sätzen, wenn sie eine Felswand hinaufblickten, die für Karl zur Zinne einer Märchenburg wurde, oder einen Bergwald durchquerten, in dem Karl das Reich der Feen und Kobolde dargestellt sah. Die neunundvierzig Haarnadelkurven der Stilfser-Joch-Straße nannte er "grandios" und den Ortler "prächtig". Eine längere Unterhaltung über die gegenseitigen Eindrücke kam auf den gut zwanzig Fahrten nie zustande. Nur ein Ort, zu dem sie von St. Moritz aus abschweiften, schien Ferdinand ausnehmend zu berühren. Es war Sils Maria mit dem Haus, in dem Nietzsche einige

Sommer lang an seinem *Zarathustra* geschrieben hatte.

Es war ein wolkenloser Tag im September, und tiefgoldenes Herbstlicht verlieh dem Silser See mit der berühmten waldigen Landzunge, wo Nietzsche oft umhergeschweift war, einen Abglanz nordischer Mitternachtssonne. Und dazu kam die ungewöhnliche Weite des Tales, die alles ganz still und erhaben machte. Karl ahnte, daß man längere Zeit in dieser Landschaft zubringen müsse, um sich in sie hineinzuleben. Ja, einen Berggipfel erstieg man und besah sich das Panorama, eine Schlucht durchwanderte man und spürte ein paar Stunden lang die Gewalt ihrer Abstürze, und der Anblick eines Gletschers vermochte auch einer gottlosen Seele eine Ahnung von Andacht mitzuteilen. Doch hier, wo die Gipfel der Rätischen Alpen im Norden und die der Bernina-Gruppe im Süden als zyklopische Wälle die Himmelskuppel an ihren äußersten Rändern trugen, reichen Worte wie Schauder, Andacht und Ehrfurcht nicht hin, um das Geheimnis des Tales zu benennen, denn sie sind Namen für einzelne tiefe Erlebnisse. Die Silser Platte freilich will kein Erlebnis bieten, sie öffnet sich allem Leben, dem geistigen wie dem leiblichen, als Gefäß und Mutterschoß, damit es zu sich selber, zu seinen höchsten Höhen und tiefsten Gründen finde. Schade nur die touristische Erschließung des Ortes: Die Hotels, Bars und Läden schrecken eher von Selbstversenkung und Selbstfindung ab. Neben dem klotzigen Hotel in der Ortsmitte wirkt das zweistöckige Nietzsche-Haus mit seinen niederen Geschossen und zierlichen Fenstern gerade wie eine Pförtnerwohnung.

Als sie dem Wagen entstiegen, sagte Ferdinand nur: "Hier ist es also."

Es war schon Nachmittag, und der Kustos öffnete gerade die Tür des weißen Häuschens, das für Nietzsche-Wallfahrer der ganzen Welt wohl eine Art Tempel ist. Wie sie von dem Kustos, vermutlich einem Studenten, erfuhren, waren die unteren beiden Räume mit der Gedenkstätte und das Zimmer Nietzsches im ersten Stock zu besichtigen, während der größere Teil des Hauses jungen Nietzsche-Forschern als zeitweilige Bleibe diente und daher privat war. Als er achtzehn war, hatte Karl im *Zarathustra* und der *Fröhlichen Wissenschaft* des zerrissensten und einsamsten Denkers gelesen, dessen Denken noch eine Vorstellung von Europa und Abendland vermittelte, ehe diese Vorstellung spätestens mit den Schüssen von Sarajewo zerplatzte.

Da sich Karl allerdings nicht einbildete, selber ein Denker von großem Format zu sein, unterzog er das, was er las, kaum der nüchternen Analyse, sondern lauschte dem Klang der großen Worte nach, die zu ihm über ein Jahrhundert hinweg herübertönten, und sie waren ihm wie der Gesang einer Sirene aus einem alten Mythos. Daß Nietzsche im Wahn geendet hatte, nahm er hin, ohne nach möglichen Gründen weltlicher Art zu fragen. Die erwähnte Lektüre hatte Karl darin bestärkt, sich selber als Dichter zu versuchen. Später kamen Rilke und Hesse hinzu.

"Hast du dich früher einmal mit Nietzsche beschäftigt?" fragte Karl seinen Onkel, während sie hintereinander auf der Stiege gingen, um sich das Arbeitszimmer im zweiten Stock anzuschauen.

"Nicht wie ein Philosophiestudent oder ein Nietzsche-Fan. Ich hatte gerade die Banklehre hinter mir und hatte in die Geheimnisse des Devisengeschäfts meinen ersten Einblick getan. Irgendwann fiel mir ein kleiner Auswahlband in die Hände, und ich las ihn, weil ich annahm, ein gebildeter Mensch müsse auch Nietzsche gelesen haben ... Aber ich erzähle dir das besser ein andermal. Wir sind jetzt da. Laß uns schauen!"

Und sie standen vor der Schwelle des spartanischen Zimmers, in dem der *Zarathustra* dem gemarterten Gehirn seines Schöpfers entsprungen war wie Pallas Athene dem Schädel des Zeus. Nietzsche war ja während der Sommeraufenthalte in Sils Maria schon vom Lehramt in Basel wegen dauernder Kopfschmerzen, den Anzeichen chronischer Seelenerschütterung, befreit. Insofern ist der Vergleich mit Zeus und Athene wohl nicht zu weit hergeholt.

Karl fühlte sich wie in einem Museum, wo man die Hinterlassenschaften der Vorzeit besichtigt und ein bißchen staunt, weil das Staunen angeblich für die Erkenntnis gut ist. Ferdinand schien ihm tiefer berührt und nachhaltiger bewegt zu sein, was Karl wunderte, da er die wirklich staunenswerten Naturwunder der Alpen und Oberitaliens immer nur mit den gleichen Adjektiven (siehe oben!) abgehakt hatte. Ferdinands kühler und selbstbestimmter Gesichtsausdruck, in dessen Zügen ein Lächeln immer so wirkte, als gebe er es einer unsichtbaren Fernsehkamera preis, wurde nach und nach andächtig. Karl ahnte, daß Ferdinand in seltenen Augenblicken so etwas wie Betroffenheit empfinden konnte. Bisher hatte er seinen Onkel für einen gewieften Spieler des internationalen Big Business gehalten, der seinem Neffen nur die Macht seiner Beziehungen offenbarte, die Details aber verbarg und damit auch die Frage unbeantwortet ließ, wie er denn zu dieser Macht gekommen war.

Als Karl ihn einmal gefragt hatte, womit er seine erste Million verdient habe, war Ferdinand ausweichend geworden und hatte Gedächtnislücken vorgeschützt. Jetzt blickte Ferdinand fest auf Nietzsches Schreibtisch am Fenster des Arbeitszimmers, und Karl schien dieser Blick ähnlich wie die Blicke der Priester, die vor dem Allerheiligsten ihres Glaubens versunkene Andacht hielten.

So standen sie fast eine Viertelstunde, ehe hinter ihnen drei Südländer auftauchten und mit ihrer lauten Konversation die Andacht zerrissen. "Spanier", zischte Ferdinand ungehalten seinem

Neffen zu, worauf dieser unschuldig fragte: "Sprichst du auch Spanisch?"

Ohne eine Antwort auf diese Frage drehte sich Ferdinand um, würdigte die Spanier keines Blickes und stieg die Treppe hinab. Karl beschloß ihm Zeit zu lassen. Es war unklug, nach dieser Störung in den Onkel zu dringen und Rechenschaft zu verlangen, was die Andacht vor Nietzsches Zimmer ihm in Wahrheit bedeutete.

Karl kaufte dem Kustoden eine kleine Broschüre über Nietzsches Aufenthalte in Sils Maria ab. Ferdinand blätterte in einem Band der gesammelten Werke. Dann verließen sie die Gedächtnisstätte und tranken in der Bar des benachbarten Hotels eine Stange Bier. Die Sonne war inzwischen kupfern geworden, und rötlicher Schein drang durch die Fenster der Bar.

"Es sieht nach Götterdämmerung aus", sagte Karl, um Ferdinand wieder zum Reden zu bringen.

Da lachte Ferdinand und schlug Karl auf die Schulter.

"Du bist wirklich ein Dichter. Sehr gut. Ich möchte einmal einen Dichter in Aktion erleben. Weißt du, Nietzsche ist tot. Mit dem kann keiner mehr reden. Aber du, du bist lebendig. Komm, wir fahren zurück. Die Wallfahrt ist beendet."

Sie traten die Heimfahrt an. Ferdinands Limousine machte die Fahrt durch das Engadin und über den Ofenpaß angenehm. Karl saß am Steuer, während Ferdinand auf dem Beifahrersitz Pfeife rauchte. Er war kein guter Pfeifenraucher, denn die Pfeife ging ihm nach wenigen Zügen immer wieder aus, und er entzündete sie dann viel zu hastig mit einem silbernen Feuerzeug, aus dem die Flamme seitlich heraussprühte, so daß er es zum Anzünden neigen konnte, ohne sich den Daumen zu verbrennen.

"Du möchtest sicher wissen, warum ich darauf bestanden habe, nach Sils Maria zu fahren", sagte

Ferdinand, als sie im letzten Abendrot das Müstairtal hinabfuhren und die Grenze nach Italien passierten. "Irgendwann habe auch ich begriffen, was Nietzsche fast hundert Jahre vor mir begriffen hatte: In dieser Welt kannst du nur bestehen, wenn du ein unheimlich starker Mensch bist. Der Zarathustra ist nicht irgend so ein Wahngebilde des späten neunzehnten Jahrhunderts. Ich bin kein Philosoph, aber für bestimmte Texte habe ich ein gutes Gedächtnis."

Und Ferdinand zitierte Nietzsche/Zarathustra:
"Ich lehre euch den Übermenschen. Der Mensch ist etwas, das überwunden werden sollte. Was habt ihr getan, ihn zu überwinden? ... Wahrlich, ein schmutziger Strom ist der Mensch. Man muß schon ein Meer sein, um einen schmutzigen Strom aufnehmen zu können, ohne unrein zu werden. Seht, ich lehre euch den Übermenschen: der ist dies Meer, in ihm kann eure große Verachtung untergehn ... Was groß ist am Menschen, das ist, daß er eine Brücke und kein Zweck ist: was geliebt werden kann am Menschen, das ist, daß er ein Übergang und ein Untergang ist ..."

Karl spürte die Gewalt dieser Worte und verstand, warum sich Nietzsche zu seiner Zeit als Dynamit bezeichnet hatte, doch zugleich haftete dem Zorn und dem Trotz des Patriarchen aller Fundamentaloppositionellen etwas Altväterliches, Verstaubtes an. Spätestens mit Hitler hatte der Satz vom Menschen, der ein Übergang und ein Untergang ist, einen leichenbitteren Geschmack angenommen. Damals, in den zwölf Jahren, hatte der Übergang nicht geklappt, und so war nur noch der Untergang geblieben.

Er sagte zu Ferdinand: "Und wenn es mit dem Übergang nicht klappt, bleibt wohl nur noch der Untergang."

"Du verdrehst das Wort", erwiderte Ferdinand ungewöhnlich ernst. "Jawohl, du verdrehst es. Mag sein, daß der *einzelne* untergeht, weil er den

Übergang nicht schafft, aber der einzelne - was ist er? Nichts, ein Sandkorn, ein Herbstblatt, ein rostiger Cent. Es geht um die Menschheit. Vielleicht bewirkt die Radioaktivität, daß die Menschheit den Übergang schafft - grausamer Gedanke, aber warum sollte Wahrheit nicht grausam sein? Der gekreuzigte Christus ist auch eine grausame Wahrheit, und es glauben nach zweitausend Jahren immer noch viele daran. Indien hat mich gelehrt, daß der einzelne nichts ist. Dort sterben die Menschen wie Fliegen, und es wird kein Geschrei darüber gemacht. Man könnte sagen: Es stirbt sich lautlos in Massen. Vielleicht würde ein Dichter wie du es so sagen. Aber der Tod ist gleichgültig - er ist nur Übergang in ein neues Leben, und natürlich hofft jeder, daß es ein besseres Leben sein wird. Ich stehe auf der Seite dieser Hoffnung, aber ich denke nicht an mich oder an dich, es geht um alle und alles."

Karl bekam einen Schauder, und er erwog zum erstenmal, ob es für ihn nicht besser sei, sich von Ferdinand zu lösen. Denn er hielt es nicht für sehr wahrscheinlich, daß diese menschenverachtenden Gedanken nur Turnübungen von Ferdinands grauen Zellen waren. Aber was dann? Meran verlassen? Er hatte gerade erst eine hübsche Studiowohnung im Bahnhofsquartier bezogen und fand, daß es bei einigem Aufwand an Selbstdisziplin mit dem Schreiben ganz gut lief. Die Firma Walden und Theiner zahlte einträgliche Honorare. Er gehörte ihr als freier Mitarbeiter an. Bald würde er sich einen besseren Wagen leisten. Alles Dinge, die ernsthaft ins Gewicht fielen, wenn er Zweifel an seiner Existenz bekam, die im wesentlichen auf Ferdinands Geld und die Atmosphäre der Passerstadt gebaut war. Und dann war da noch Bettina. Vielleicht war sie das rettende Ufer, wenn Ferdinand seine Philosophie zur Tat werden ließ.

* * *

"Ein bißchen blutarm", sagte Bettina, als sich Karl nach einer kurzen Betrachtung seiner Röntgenbilder und Laborergebnisse aus dem Sessel erhob und im Sprechzimmer auf und ab zu gehen begann.

"Macht es dich nervös? Du wolltest doch die Wahrheit wissen. Mit Blutarmut kannst du neunzig werden, Karl."

Karl stellte sich vor, wie ein riesiges Rohrnetz mit einer dunklen Flüssigkeit darinnen allmählich leerlief. Irgend jemand drehte die Quelle langsam zu, die unsichtbar dieses Labyrinth speiste und ihm einen Sinn gab. Blutarmut - das klang so schrecklich wie Gedankenarmut. Wenn schon die Seele manchmal verrückt spielte, sollte wenigstens der Körper intakt bleiben.

"Du machst dir Sorgen, wenn du dich nicht wohl fühlst. Ist es nicht so, Karl? Vor drei Wochen, als du erkältet warst, hast du geglaubt, es sei eine richtige Angina."

"Sag doch gleich, daß ich ein Hypochonder bin", knurrte Karl. Er bereute, daß er zu Bettina in die Praxis gekommen war. Zwischen den weißen Schränken und Regalen und dem Schreibtisch mit der medizinischen Handbibliothek war sie ganz anders als zu Hause. Richtig dienstlich. "Man dient dir seine Dienste an, und du läßt dich bedienen ..." So oder ähnlich begann das angefangene Gedicht vom Rastplatz hinter dem Inntal-Dreieck. Er hatte es liegenlassen. Bettina in ihrem weißen Kittel und den typischen Arztsandalen brachte ihm die eigenen Worte in Erinnerung.

Und doch war ihm eigentlich wohl in ihrer Nähe. Das bißchen Schwindel, das er am Morgen nach dem Aufstehen verspürte und das sich in den letzten Wochen verstärkt hatte, war ja nur ein willkommener Vorwand gewesen, Bettina zu sehen. Seit jenem gemeinsamen Mittagessen, als es Knödel und Geselchtes gab und sie das blaue Kleid mit den gelben Lampions getragen hatte, wußte er mehr über sie.

"Ihr Vater war eigentlich ein prima Kerl. Im Grunde hätte er als Tropenarzt ein Vermögen scheffeln können, doch bescheiden und barmherzig, wie der Alte nun mal war, hat er weder einen Lehrstuhl angenommen noch sich auf die Therapie millionenschwerer Maharadschas beschränkt. Er wollte immer so was wie ein zweiter Albert Schweitzer sein. Paris, London, Lissabon, Köln - die ganzen Eierköpfe, die mit Tropenmedizin zu tun haben, kannten ihn. Er schrieb Artikel - für die Fachzeitungen, aber leider auch ein paar dumme politische. Und die Inder hören es nun mal nicht gern, wenn man in aller Welt von ihren Atombomben redet. Als er sich nach Meran zurückzog, war er leider schon ein todkranker Mann, und die Villa hat er eigentlich nur für Bettina gekauft und eingerichtet. Ihre Mutter war ja schon gestorben, als Bettina ein kleines Kind gewesen war. Als der Alte dann das Zeitliche segnete, war Bettina gerade ein paar Wochen in Amerika, und man hatte den Vater schon eingeäschert. Im Grunde tragisch - nicht?"

Das fand Karl auch, als ihm Ferdinand davon erzählte, und als er Bettina wiedersah, glaubte er, ein bißchen Tragik in ihrem wissenden Gesicht wiederzufinden. Sie selbst redete nicht viel über sich, und sie erzählte seltsamerweise gar nichts, wenn Ferdinand dabei war. Karl fand es töricht, Bettinas Geheimnisse mit Gewalt aufdecken zu wollen. Frauen sind in dieser Hinsicht doppelt und dreifach empfindlich, dachte er. Er mußte zart und diskret sein, wenn er sie gewinnen wollte. Wenn nur nicht die Gier und die Ungeduld so höllisch in ihm gebrannt hätten. Er war jetzt fast zwei Monate hier, der Herbst war gekommen, und noch immer wußte er nicht, wie es in ihrem Schlafzimmer aussah.

"Komm, wir machen einen Spaziergang. Oben in Dorf Tirol. Heute nachmittag wollte ich eh nur an der Patientenkartei herummachen."

Karl zeigte die Freude nicht, die bei ihm wie ein Blitz einschlug. Nur allzugern stieg er in Bettinas Wagen, der sie nach Dorf Tirol hinaufbrachte.

Schleier weißen Nebels hatten sich dort droben über Häuser, Straßen und Weinberge gesenkt. Nur dunkelgraue Schatten traten daraus hervor, je weiter man hineinfuhr. Als sie in einer Seitenstraße ausstiegen, roch Karl die schwere Mischung aus Trauben, feuchtem Asphalt und nassem Gras. Es war jener Geruch, der manche Dichter beflügelte, andere aber mit Schwermut niederdrückte, daß sie nach der Sonne seufzten. Die war nur als schwaches milchiges Licht von schwefelgelber Tönung im Westen zu erkennen. Sie überquerten die Hauptstraße vor der Kirche, wo der Schloßweg zur Stammburg der Grafen von Tirol abzweigt. Karl war gespannt, welch tieferen Sinn dieser Spaziergang enthüllte. In den Geschäften brannten die Lichter, und vor der Holzschnitzerei am Anfang des Weges hatte sich eine kleine Menschentraube gebildet, meist ältere Paare mit Regenschirmen und Photoapparaten. Karl hatte bei seinem letzten Besuch hier oben, als er alleine gekommen war, dem Holzschnitzer lange zugeschaut und gefunden, daß dieses Handwerk ein großes Gefühl für Form und Materie voraussetzte, so grob es auch wirkte, besonders wenn der Schnitzer am Anfang mit Beitel und Schlegel große Späne von dem rohen Klotze schlug. Aber schon die ersten Schläge konnten, falsch geführt, das ganze Werk verderben. Darin unterschied sich der Bildschnitzer vom Maler oder vom Dichter, denen die Korrektur von etwas mißlich Begonnenem immer noch möglich war.

"Handwerker faszinieren die industrielle Menschheit", sagte Karl. Für Bettina klang es wie ein Satz aus einem Essay. Der Satz klang so allgemein, so weltanschaulich. Aber Karl war eben noch in jenem Alter, wo man aus allen möglichen

Beobachtungen und Erkenntnissen gleich eine Weltanschauung macht. Sie genoß die nebelfeuchte Luft und atmete sie deswegen noch genießerischer ein als sonst, weil Karl bei ihr war. Sie hatte schon lange nicht mehr mit einem wesentlich jüngeren Mann geflirtet, zumal Flirts im allgemeinen bei ihr ohnehin selten vorkamen.

"Karl, du bist heute nicht wegen deiner Kopfbeschwerden in die Praxis gekommen, nicht wahr? Und auch vor einer Woche nicht. Du wolltest etwas anderes."

Sie sah ihn nicht an, denn sie wußte auch so, daß er rot wurde. Sie gingen sicher zwanzig Meter, ohne daß er eine Antwort gab.

"Du weißt alles", sagte Karl dann gepreßt. Da griff Bettina nach seiner Hand und blieb stehen.

"Es könnte sich jetzt eine Szene zwischen uns abspielen wie in einem Film. Aber versteh mich bitte nicht falsch, Karl: Ich mag diese Amouren nicht, obwohl ich - ja, obwohl ich sehr viel für dich fühle, Karl."

Seine Hand war warm, und es war Bettina, als hielte sie nicht die Hand eines Mannes, sondern die einer Frau oder eines Kindes. Mit ihren Fingern massierte sie leicht die Innenfläche, worauf der Druck von Karls Hand stärker wurde.

"Es ist gut, Bettina", sagte Karl, "du gibst zuerst deine Erklärung ab. Es ist gut, daß ich nicht den Anfang machen muß. Immer sollen wir Männer den Anfang machen."

Wenn Karl nicht geradeaus geblickt hätte, wäre ihm Bettinas Lächeln nicht entgangen. Er dachte doch an die vielen Szenen der Filme, in denen das Menschheitsspiel zwischen Mann und Frau in den verklärtesten wie ordinärsten Varianten vorgeführt wurde. Aber diese Filme waren ja zumeist von Männern gemacht, und Bettina wunderte sich kein bißchen darüber. Genügte dem Mann das Erleben der Wirklichkeit nicht, schuf er sich mit der Kamera die nötige Ergänzung. Ihr und, wie sie dachte, den meisten Frauen ging es eher darum, die Erfahrung von Wirklichkeit zu vertiefen - und das war ein mühseligeres Geschäft als die Ergänzung der Wirklichkeit durch die Phantasie. Der Dichter dichtet, der Arzt kann kein Dichter sein, er muß den Dingen auf den Grund gehen, die Verstörungen aufdecken und die Mißklänge in Körper und Seele wieder zu neuer Harmonie führen. Vielleicht ist die Heilkunst eher weiblich und erfordert auch bei ihrer Ausübung durch Männer eine gewisse Weiblichkeit, während Dichterinnen, vor allem wenn sie erzählen, das Männliche in sich erwecken müssen ...

Karl und Bettina waren fast bei dem Tunnel angelangt, durch den das schmale Sträßchen zum Schloß führt. Karl ließ nun ihre Hand los und legte seinen Arm um ihren Nacken. Obwohl Bettina einen Hut trug, reichte sie ihm gerade bis zur halben Höhe seines Kopfes, und er mußte sich bei der ersten Umarmung ein wenig bücken. Bettina nahm das Zeichen seiner Zuwendung an, sagte nichts, sondern ging schweigend mit ihm durch den Tunnel. Sie hätten sich darin auch noch küssen können, doch so weit schien Karl nicht gehen zu wollen. Bettina hörte, daß sein Atem viel heftiger ging als vorhin, bevor sie beide aus dem Wagen gestiegen waren. Noch ehe sie wieder aus dem Tunnel traten, rauschte ein Auto von hinten heran, und die erste Zärtlichkeit fand ein jähes Ende, weil sie sich eng an die Mauer pressen mußten, um einen Fiat durchzulassen, dessen Fahrer ihnen freundlich zuwinkte.

Danach sagte Bettina: "Es war schön, Karl. Hab nur ein bißchen Geduld mit mir."

"Darf ich dich was Intimes fragen?"

"Frage nur!"

"Hast du eigentlich nie daran gedacht zu heiraten? Wenn Männer nicht heiraten, dann sind es entweder Playboys oder katholische Priester."

"Meinst du wirklich, die Welt ist so einfach, wie

du denkst?"

"Wahrscheinlich nicht. Aber man muß sich doch einen Begriff machen: Sonst wird man schnell sprachlos."

"Bleiben wir bei der Intimität. Es gibt da gewisse Erfahrungen, die sich im Lauf der Jahre ansammeln. Mein Beruf bringt es mit sich, daß ich immer mit anderen Menschen zu tun habe. Und jeder Mensch trägt eine eigene Geschichte mit sich herum, sagt oder verschweigt seine eigene Wahrheit und lügt seine besonderen Lügen. So bin ich vielen Menschen nahe und doch wieder fern. Es ist ein seltsames Leben. Ich bin immer eine Frau geblieben, aber nie konnte ich einen Mann so sehr lieben und begehren, daß eine Ehe daraus hätte werden können."

Sie erreichten die Wegbiegung, wo der Aufgang zu Schloß Tirol abzweigte. Inzwischen war der Nebel immer grauer geworden, und die Welt wirkte in seiner Verhüllung trüb und todgeweiht, fast wie an einem tristen Novembertag. Dabei hatte die Weinernte erst begonnen, und der Nebel nützte im Wechsel mit der klaren Sonne den Reben, damit ihre Trauben süß wurden und einen gehaltvollen Wein, reich an Mostgewicht, hergaben. Noch ein wenig gingen sie weiter, und auf dieser Strecke geschah es dann, daß Karl Bettina fest an sich zog und auf den Mund küßte, wogegen sie sich nicht wehrte. Dennoch zeigte ihr Gesicht einen überraschten Ausdruck, als er sie losließ.

"Du bist gut, Karl. Bleibe noch lange hier. Aber sei vorsichtig wegen Ferdinand! Du wirst erfahren warum."

Karl hatte den ganzen Weg über gar nicht an Ferdinand gedacht. Deshalb traf ihn die Warnung überraschend. Aber er wollte Bettina nicht mit neugierigen Fragen quälen. Zu kostbar war diese Stunde des Zusammenseins, um sie mit irgendwelchen Unbeherrschtheiten zu zerstören.

* * *

Während die Liebe zwischen Karl und Bettina sich langsam und ebenmäßig ausbildete wie ein Kristall im erschütterungsfreien Nährbad, baute Ferdinand tatkräftig an seiner neuen geschäftlichen Existenz. In einem gerade fertiggestellten Bürohaus am Stadtrand von Meran, dort wo die Staatsstraße nach Bozen führt, hatte er in einer bescheidenen Büroflucht seine neue Agentur *TRADE AND LIFE* eingerichtet, und unter den groß gedruckten Firmennamen noch die erläuternde Zeile gesetzt: *Internationale Finanzierungen*. Ob es die zwanzigste oder schon die fünfundzwanzigste Firma war, die er gründete, wußte er selbst nicht so genau. Türschilder, Telephone und Büros dienten nur dem einen, was Ferdinand immer getan hatte: Geld durch das verzweigte Kanalnetz der Weltwirtschaft lenken. Dazu waren die richtigen Daten nötig und Informationen, die außer ihm keiner besaß oder nur jene wenigen Menschen, mit denen er dann ins Geschäft kam.

Indien war out. Das Innenministerium und der Geheimdienst hatten ihn als Geschäftspartner fallenlassen, und ehe in einem indischen Gefängnis die Ratten an ihm nagten, wollte er lieber in Europa die Fäden seiner Unternehmungen ziehen - mit einem Telephonanschluß und einem guten Computer kein Problem. In Südafrika erreichte er die maßgeblichen Leute im Diamantengeschäft, und nebenbei wollte er die geheime Atomindustrie betreuen, wofür ihm sein Wissen um die Geschichte der indischen Atombombe und Drähte nach Israel zugute kamen. Auch mit den Philippinen würde er wieder ins Geschäft kommen.

Einmal in der Woche hielt Ferdinand mit wichtigen Leuten, deren wirkliche Namen besser nicht auf den Meldescheinen der örtlichen Hotels erschienen, eine Konferenz, die meistens von vier bis halb sieben dauerte. Dafür benutzte er das salonartig eingerichtete Hauptzimmer der Agenturräume. Um einen ovalen Tisch mit dunkler

Platte saßen dann zwischen fünf und neun unscheinbare Männer, die sich bei ihren geschäftlichen Abwicklungen sehr sicher fühlen konnten, denn er hatte den Raum von einem indischen Ingenieur seines Vertrauens abhörsicher machen lassen. Jener Inder lebte in Rom und nahm gelegentlich an den Konferenzen teil, vor allem dann, wenn die Konferenzteilnehmer Kopien hochgeheimer technischer Zeichnungen mitgebracht hatten. Ferdinands technisches Wissen war beschränkt. Er hatte sich immer nur um die finanzielle Seite seiner Transaktionen gekümmert. Er brauchte den Inder, der für diskrete Geschäfte den Nachteil hatte, daß er sich sehr gern und innig mit europäischen Frauen abgab.

Um Karl kümmerte sich Ferdinand mit der Sorge eines Vaters. Karl war gewissermaßen sein Steckenpferd. Es gab da noch eine alte Rechnung mit Eduard zu begleichen. Ehe Ferdinand nämlich ein großer Geschäftsmann geworden war, hatte er in Eduards Schatten gestanden, und Eduard hatte ihm keine Demütigung erspart. Ferdinand überkam noch nach fünfundzwanzig Jahren der schwärzeste Zorn, wenn er daran dachte, wie Eduard ihn mit seiner ganzen spießigen Herablassung abgefertigt hatte, als er die Bürgschaft für die fünftausend Mark Kredit verweigerte, um ein neues Leben in Indien zu beginnen. Denn damals schon war die deutsche Steuerfahndung auf Ferdinand aufmerksam geworden. Er wollte seinen Bruder nicht vernichten, aber ein kräftiger Denkzettel würde sein Bedürfnis nach Vergeltung schon stillen. Es gab nämlich in Eduards Lebens- und Familiengeschichte einen Punkt, an dem er den Hebel ansetzen konnte, um ihn noch nach so langer Zeit bloßzustellen und seinem bürgerlichen Image einen kräftigen Kratzer zu versetzen. Gleich bei der ersten Begegnung mit Karl war ihm die große Ähnlichkeit mit Gertrud und Gertruds Vater aufgefallen. Von Eduard hatte der Junge nämlich rein gar nichts. Wer aber wußte, daß Gertrud, schon ehe sie von Eduard in den Hafen der Ehe abgeschleppt wurde, ein Verhältnis mit Kurt, dem Spielwarenvertreter aus Nürnberg, ausgiebig unterhalten hatte? Und wer dazu noch jenen Vertreter persönlich kannte, der entdeckte auch gewisse Ähnlichkeiten, die zwar nicht für einen Beweis, wohl aber für einen soliden Verdacht reichten, dem nachzuspüren auf jeden Fall sich lohnte.

Zuerst war es wirklich nur Neugier auf Eduards Sohn gewesen, die ihn zu der Einladung veranlaßt hatte, aber in dem Hotel, als sie miteinander frühstückten, waren ihm die Umrisse eines Vergeltungsplanes immer deutlicher geworden. Freilich wollte Ferdinand nichts überstürzen. Ohne eindeutige Beweise stand er nachher als der Blamierte da.

Der eigentliche Grund, warum Ferdinand unter allen Städten Europas sich Meran zum Sitz der Agentur *TRADE AND LIFE* ausgesucht hatte, lag in der Geschichte, die ihn mit Bettina verband. Von Meran war ihr Vater nach Indien ausgezogen, und nach Meran war er als bereits todkranker Mann zurückgekehrt. Ferdinand hatte ihn noch zu Nehrus Zeiten bei einer Party in Neu-Delhi kennengelernt - und der Mann hatte ihm imponiert. Wie der Eindruck eines Menschen in den Augen eines anderen Menschen zustande kommt und warum die Wirkung eines Eindrucks mitunter überwältigend sein kann, ist im letzten ein psychologisches Rätsel, doch bei ihrer ersten Begegnung hatte sich in Ferdinand ein Gespür für die innere Größe dieses kleinen Mannes mit dem Stiernacken und dem Bürstenhaarschnitt geregt, der gar nicht so aussah wie ein bedeutender Arzt, sondern wie ein deutscher Feldwebel aus dem zweiten Weltkrieg. Der Doktor war in dem komplizierten Gebäude der Kasten und Gruppen, die miteinander und gegeneinander den Subkontinent beherrschten, ein kundiger Mann. Er sprach etliche Hindi-Dialekte, las Sanskrit, und wie sich später herausstellte, machte ihm auch das Arabische keine sonderlichen Schwierigkeiten. Seine blauen Augen glänzten klug hinter der altmodischen Nickelbrille; von diesem Modell trennte er sich auch bis zum Tode nicht. Zwar betrieb er zwei Tage in der Woche eine europäisch ausgestattete Stadtpraxis im Diplomatenviertel der Bundeshauptstadt, doch galt seine größte Aufmerksamkeit dem Tropenspital *Salus mundi* fünfhundert Kilometer weiter südlich mitten im Regenwald, wohin ihn eine Sportmaschine flog. Er fungierte dort als ärztlicher Direktor im Dienst einer deutschen katholischen Missionsgesellschaft, obwohl er nicht der Mann war, sein Herz und seinen Glauben zur Schau zu stellen.

Ferdinand wollte damals nur eines: nach oben kommen, den Geschmack des Business kosten. Wenngleich Indien insgesamt ein Armenhaus war, so war es doch ein Markt der Zukunft, und wie in allen Ländern der sogenannten *Dritten Welt* schielte die Oberschicht nach europäischem Geld, europäischen Waren und - Waffen. Zunächst repräsentierte Ferdinand eine amerikanische Agentur für Industrievertretungen, war mit Staudämmen, Kraftwerken, Stahlhütten und Gießereien beschäftigt. Das war die friedliche, die sogenannte *weiße* Seite des Business. Nebenbei lernte er Indien kennen, dieses Gemengsel der Sprachen und Kulturen samt seiner kolonialen Relikte. Damals fand er Entwicklungspolitik noch einigermaßen wichtig, doch allmählich, als seine Verbindungen zu Politikern, Bankern und Trustmanagern immer mehr zunahmen, rutschte er ab in die *graue* Zone, fand die Technologie, die nicht allein der Landesentwicklung diente, sondern auch militärischen Nutzen brachte, lohnend für internationale Investitionen. Von dort war der Weg nicht weit in die Welt der *schwarzen* Geschäfte, wo die

Verhandlungspartner nur unter Decknamen bekannt waren und sämtliche Zahlungen über diskrete Bankverbindungen abgewickelt wurden.

Doch Ferdinand wurde in den ganzen fünfundzwanzig Jahren kein hundertprozentiger Gangster. Den Pakt mit dem Teufel hatte er nie bewußt abgeschlossen. Es gab Menschen auf seinem Weg, die waren ihm mit ihrer Humanität und ihrem Glauben an eine bessere Welt einfach im Weg. Und der bedeutendste unter diesen Menschen war der Doktor.

Ferdinand hatte das *Salus mundi* oft besucht, nachdem der Doktor sein Interesse an ihm bekundet und ihn eingeladen hatte. Er sah sich noch in dem Arbeitszimmer mit der braunen Holzdecke sitzen und hörte die feste, ein wenig schnarrende Stimme des Doktors. Wenn er den Doktor für seine Geschäfte nutzbar machen wollte, mußte er sich interessiert und als guter Zuhörer zeigen. Des Doktors Einfluß auf gewisse Leute galt als unverdächtig, jedenfalls weniger verdächtig, als wenn er, der Geschäftsmann der *grauen Zone* an dieselben Leute herantrat. Doch der Doktor hatte Ferdinand bald durchschaut.

"Eigentlich sind Sie kein schlechter Kerl, Ferdinand, aber Sie haben einen verhängnisvollen Ehrgeiz. Sie wollen im Grunde kein Geld, die Geschäfte sind Ihnen nur Mittel zum Zweck, Sie wollen sich selber was beweisen. Eine gewisse Kaltblütigkeit schützt Sie, aber vielleicht werden Sie deshalb auch blind gegen die wirklichen Gefahren auf den Brettern, worauf Sie sich bewegen. Wer mit Geheimdiensten arbeitet, muß auch mit Killern rechnen."

So und ähnlich hatte der Doktor geredet, wenn er ganz klar und offen sein wollte. Aber das waren seltene Augenblicke. Er hatte mehr Stunden mit ihm Tennis gespielt, seinen Vorlesungen aus den heiligen Büchern der Veda und der Upanischaden zugehört, den Urwald an seiner Seite durchstreift und mehr Stunden literweise französischen Kognak und englischen Whisky mit ihm getrunken als sich mit ihm über den menschlichen Charakter unterhalten. Und wenn der soldatische Schädel des Doktors glänzte wie eine kupferne Kugel und seine Zunge immer schwerer ging, dann hatte er auch einmal ein vorgefertigtes Papier unterschrieben, das ihn, Ferdinand, dem Chefminister einer Provinzregierung oder einem Mitglied des alten Adels empfahl, das zufällig im Bundesparlament mit der Landesverteidigung befaßt war.

Daß der Doktor durchaus solchen alkoholischen Hobbys frönte (wie er es selber nannte), lag an seinem mitunter aufbrechenden Heimweh. Dann redete er wie einer seiner vierhundert Fieberkranken aus dem Spital von Tirol, den weißen Wintern und dem Brauchtum, in dem er aufgewachsen war. Es war dann auch seltsam, an einem feuchtheißen Abend, an dem die geringste Anstrengung Schweißausbrüche hervorrief, "Zu Mantua in Banden ..." über den Vorplatz des Hospitals schallen zu hören. Einmal im Jahr leistete sich der Doktor auch wirklich eine Heimkehr in sein geliebtes Tirol, besuchte Innsbruck, wo er geboren, und Meran, wo er aufgewachsen war, ehe ihm Europa zu eng und - wie er sagte - zu langweilig wurde.

Bettina war damals, als Ferdinand den Doktor kennenlernte, gerade dabei, sich von einem stillen Schulmädchen in einen ausgelassenen Teenager zu verwandeln. Bei einer seiner ersten Besuche im *Salus mundi* trat er gerade dazwischen, wie sie mit einem Gewehr ihres Vaters Schießübungen auf leere Bier- und Schnapsflaschen veranstaltete. Doch als der Doktor sie packen und ihr vermutlich kräftig den Hintern versohlen wollte, was ganz zu seinen späteren Schriften über Menschheitsfriede und Völkerverständigung im Widerspruch gestanden hätte, ließ sie die Büchse fallen und rannte laut lachend davon. Dieses Lachen war das erste, was Ferdinand einfiel, sobald er an die Zeit mit dem Doktor und seiner Tochter zurückdachte.

Damals war er noch einigermaßen glücklich mit Margot, der Tochter eines österreichischen Botschaftsrates, verheiratet gewesen. Aber die Geschichte seiner beiden Ehen rief er sich lieber nicht in Erinnerung; es waren die beiden einzigen Projekte seiner Karriere gewesen, die ihm bis heute mißlungen schienen. Bettina hatte ihn zunächst als Tochter des Doktors interessiert, denn der Doktor war ja eine graue Eminenz, der weitaus mehr wußte, als er selbst in den whiskyfeuchtesten Nächten preisgab, woran sich Ferdinand immer stieß, ohne sich von der faszinierenden Gestalt mit ihrer weitläufigen Bildung und ihrem väterlichen Wesen, die auch ihn immer wieder zu vereinnahmen verstand, lösen zu können. Das gehört in die unerforschlichen Gebiete menschlicher Beziehungen. In seinem Schachspiel hätte Ferdinand den Doktor gerne als einen Bauer eingesetzt, doch mit den Jahren zeigte sich, daß er in Wahrheit an den König des Spiels geraten war. Auch Bettina hatte vieles von ihrem Vater mitbekommen. Sie war nicht einfach mit Geschenken und Komplimenten zu erobern, sie erwies sich als schillernd und widersprüchlich. Wohl hatte sie Ferdinand in einem Regenmonat des Jahres 1967 in die Geheimnisse der körperlichen Liebe eingeweiht, und er hörte noch heute nach zwanzig Jahren das endlose Prasseln des Monsunregens auf das Dach des Holzhauses, das etwa zweihundert Meter vom Hospital entfernt in einem märchenhaften Garten stand, demselben Garten, wo Bettina ihre Schießübungen veranstaltet hatte. Doch seine Geliebte war sie trotz jener ersten und auch trotz der zweiten und dritten Nacht nicht geworden.

Ferdinand überkam rückblickend immer wieder

das Gefühl, bei den Frauen versagt zu haben. So genoß er um so mehr das Spiel der geheimen geschäftlichen Verbindungen, das er in Meran in einer neuen Runde spielen wollte. Es wunderte ihn keineswegs, daß Bettina unverheiratet geblieben war. Zu sehr war sie ein beobachtendes und passives Wesen, als daß sie sich einer männlichen Offerte zugänglich zeigte.

Aber neuerdings hatte sie sich verändert.

Ferdinand wußte sehr genau, daß sie häufig mit Karl zusammen war. Eigentlich eine idiotische Verbindung zwischen der älteren Frau, die das Erbe ihres Vaters angetreten hatte, und einem jungen Mann, dessen Zukunft auf seine, Ferdinands, Protektion gebaut war. Sollte Karl Bettina heiraten, was man selbst bei kühler Abwägung immerhin als Möglichkeit in Betracht ziehen mußte, so entzog sich Karl seinem Einfluß - und das fand Ferdinand nicht gut. Er wollte Karl aufbauen. Der Junge sollte nicht ewig Tassen malen und Wohnzimmerlampen entwerfen. Walden und Theiner führten ohnedies nur den geringsten Teil seiner Designs aus. Karl sollte werden, was er war: ein Dichter. Und er, Ferdinand, würde ihn durchboxen auf dem schwer zugänglichen Markt der Literatur, der sich zwar schillernd und abenteuerlich zeigte, in Wahrheit aber von den kühlsten Rechnern und den härtesten Managern bestimmt wurde. Wer kein Mitleid hat, der setzt sich durch - das ist das Gesetz des Marktes. So hatte Ferdinand es gelernt und gelebt. Zudem bewies die Geschichte der Literatur, daß ein Dichter auch Geschäftsmann sein mußte, um sich Gehör in der Öffentlichkeit zu verschaffen. Ferdinand hatte sich nämlich die Biographien von Goethe und Thomas Mann besorgt, um die Geschäfte der Großschriftsteller zu studieren. Karls Geschäftssinn war natürlich völlig unterentwickelt, aber um ein bleicher Hungerleider zu bleiben, den erst die Nachwelt schwärmerisch verklärte - na, dafür war ihm sein Neffe zu schade.

Bettinas Gesellschaft störte beim Aufbau eines großen Dichters. Ihre Liebe, oder was auch immer sie für Karl empfand, höhlte den Jungen aus. Wenn Karl mit ihr schlief, dann war er satt, und satte Menschen taugten nach Ferdinands fester Überzeugung nur schlecht für das Business an der Schreibmaschine. Zugleich hungrig und trunken hatte der Dichter zu sein, trunken vom Glauben an die Macht seines Wortes, hungrig nach Erfolg. Also mußte er Bettina von Karl ablenken. Und er wußte schon wie, nämlich auf eine Art, die ihm selber viel Spaß machte.

* * *

"Überall will er der Drahtzieher sein. Nichts, was andere schaffen und tun, ist ihm letztendlich gut genug. Ich mache ihn nicht schlechter, aber sollte ich besser von ihm reden, als er es verdient hat?"

Karl sagte auf diese Worte Bettinas nichts. Er spürte nur, daß es irgendwelche alten Geschichten zwischen Ferdinand und Bettina geben mußte, vor deren Wahrheit er sich allerdings fürchtete. Zuviel Wissen um einen geliebten Menschen schien Karl gar nicht gut. Der andere muß immer ein Geheimnis bleiben, damit der Magnetismus der Liebe nicht durch Wissen seine Kraft verliert. So deutete Karl all das, was in den letzten Wochen zwischen ihm und Bettina vorgegangen war.

Und das war viel. Er hatte sie nicht nur gestreichelt und sie seinen Körper spüren lassen, so wie er es sich schon bei dem ersten gemeinsamen Mittagessen gewünscht hatte, er war auch in ihrer Seele umhergewandert wie in einem endlosen Park, dessen Wege sich hinter Hügeln und unter den herabhängenden Kronen uralter Baumriesen verloren.

Jetzt wanderten sie gemeinsam über einen länd-

lichen Friedhof außerhalb von Meran, wo die weißen Kreuze aus angestrichenen Holzlatten und die vornehmeren aus geschnörkeltem Schmiedeeisen ein dichtes Spalier bildeten - Parade der Toten. Allerseelentag war, und sie begegneten schwarz gekleideten Frauen mit Kopftüchern, die Blumen und Kerzen zu den Gräbern der Eltern, Männer und Söhne in ihren Einkaufstaschen trugen. Auch zwei alte Männer kreuzten ihren Weg. Ihre Gesichter wirkten verwittert wie die Gesichter der meisten Bergbauern Tirols, denen im Sommer die ungefilterte Höhensonne die Haut verbrannte und denen im Winter Frost Sprünge in dieselbe Haut riß. Ihr Blick traf Karl und Bettina undurchdringlich, sie waren wie alte Masken dämonischer Urzeiten.
"Warum ist der Doktor - dein Vater - nicht auf dem Stadtfriedhof beerdigt?"
"Es wäre eine große Beerdigung geworden. Weißt du, mit vielen Trauerreden und Kränzen. Das war nicht in seinem Sinn. 'Ich will einen unauffälligen Abgang', hatte er schon in Indien gesagt. Und ich trage die Trauer leichter, wenn ich weiß: Er liegt hier draußen in den Bergen. Ein Grab in der Stadt - das wäre, als lebte er immer noch. Es ist zwar schon drei Jahre her, aber ich meine immer noch, daß es gestern war. Der Diener brachte mir das Telegramm mitten in den Kongreß. Und ich dachte, es sei ein Scherz oder ein Traum. Erst als ich zurücktelephonierte, dämmerte mir alles."
Ein kalter Herbstwind, fast schon ein aufziehender Sturm, trieb schwere Wolken im Tiefflug über den Friedhof. Von den Bergen ringsum waren nur die untersten Almen zu sehen - öde und abgegrast. Der Hochwald verschwand schon in dem beklemmenden Gewölk. Vielleicht morgen schon würde der Schnee die Gräber und Wege weiß pudern und den alpinen Winter mit all seinen Reizen und Schrecken eröffnen. Karl dachte daran,

daß er das Skifahren lernen wollte. "Wenn du das erste Mal den Hang hinuntergesaust bist, wirst du nimmer damit aufhören wollen." Bettina hatte ihm den Mund wässerig gemacht.

Jetzt standen sie am Grab des Doktors. Ein grausilbernes Kreuz, dessen Balkenenden in schwungvoller Krümmung auseinanderliefen, bezeichnete die letzte Ruhe des Doktors. Es war ein katholisches Kreuz, an dem der Corpus Christi befestigt war, eine metallische Skulptur von romanischer Bildung, das gesenkte Haupt überproportioniert und die Gliedmaßen nur grob angedeutet. Es wirkte archaisch und modern zugleich. Bettina hatte ihm auf der Fahrt herauf erzählt, daß sie dem Künstler selbst eine Vorzeichnung angefertigt hatte. So war das Kreuz das ganz persönliche Denkmal, das Bettina ihrem Vater, dem Doktor, gesetzt hatte. Es erinnerte Bettina an den Vater, aber auch an die frühverstorbene Mutter, die in Indien begraben lag; denn auf der Gedenktafel zu Füßen des Gekreuzigten waren neben dem Namen, dem Geburts- und Sterbetag des Doktors auch der Name und die gleichen Daten seiner Frau mit dem Zusatz "Begraben in Indien" eingeschrieben. Was außer der Gestaltung des Kreuzes auffiel, war das Fehlen einer Photographie, wie es auf Tiroler Friedhöfen üblich ist. Karl wollte aus Pietät nicht nach dem Grund fragen, doch Bettina gab ihm ungefragt die Erklärung:

"Ich mag diese Bilder nicht. Sie sind Fälschungen. Nach ein paar Jahren verwittern sie wie das Fleisch in der Erde. Zuviel Vergänglichkeit, verstehst du?"

Karl nickte stumm.

Sie standen eine Weile vor dem Grab. Bettina hielt die Hände stumm gefaltet. Karl brachte dieselbe Geste nicht fertig. Es war lange her, seit er das letzte Mal mit gefalteten Händen gebetet hatte. Ob Bettina wirklich religiös war, wußte er nicht genau. Sie hatte die Frage Gretchens an

Faust noch kein einziges Mal gestellt.

Nach einer Weile sagte sie: "Komm, es ist kalt. Fahren wir wieder zurück. Wir haben den Allerseelentag gehalten."

Und sie traten die Heimkehr an, fuhren zu Bettina in die Villa nach Obermais. Dieses Mal saßen sie in keinem der beiden Zimmer, wo sie sich zum ersten Mal begegnet waren. Bettina nahm ihren Freund in das Arbeitszimmer mit, woran das Schlafzimmer angrenzte. Bettina machte einen heißen Tee und stellte eine Flasche Kirsch auf den runden Tisch mit der grün getönten Glasplatte, wo sie bei ihren Gesprächen miteinander auf dem Ecksofa mit der erdbraunen Stoffbespannung saßen.

"Trink erst ein bißchen, Karl. Gegen die Blutarmut und die Allerseelenstimmung!"

Sie zeigte Humor. Karl mochte diese burschikose Art, innere Freude nach außen zu kehren. Er kam sich immer linkisch vor, wenn er gelöst und humorig wirken wollte. Er setzte die Tasse an, nachdem er einen kräftigen Schuß aus der Flasche in den Tee gegossen hatte. In den letzten Wochen hatte er sich das regelmäßige Trinken angewöhnt, und es half ihm beim Schreiben. Zu Hause hatte er nur dann und wann nach der Rotweinflasche gegriffen, um sich in poetische Stimmungen zu versetzen.

"Wie kommst du mit dem Buch voran?"

"Ach, ich zweifle zuviel, Bettina."

Karl hatte etwa Mitte Oktober begonnen, einen Roman zu schreiben. Der Entwurf, wie die meisten Gedichte in ein Schulheft eingetragen, war ihm flott von der Hand gegangen. Es sollte eine Familiengeschichte werden. Ferdinand hatte ihn dazu animiert und ihm bedeutet, wenn er nicht mehr wolle, brauche er nicht mehr länger für Walden und Theiner arbeiten. Doch Karl war vorsichtig. Er wollte sich erst einen Vorrat an Erdichtetem zulegen, ehe er sich - wie Ferdinand sagte -

als Dichter etablierte. So zeichnete er vormittags, hielt eine längere Mittagspause mit ausgiebiger Mahlzeit und anschließender Siesta, ehe er an sein Buch ging. "Rhythmus und Selbstdisziplin sind ungeheuer wichtig", meinte Bettina, als er ihr von seinem Bemühen als Romanschriftsteller erzählte. Ein ihr bekannter Arzt schrieb ebenfalls Prosa, hatte aber mit der Schwierigkeit zu kämpfen, daß sein ärztlicher Dienst nicht immer in dieselben Stunden eines jeden Tages fiel und ihm so an einem Tag die frühen Morgenstunden zum Schreiben verblieben und an einem anderen wieder der Abend und die Nacht. "Er verheddert sich immer wieder und hat oft das Gefühl, auf der Stelle zu treten, obwohl er sicher sehr begabt ist." Karl nahm sich vor, Bettinas Rat zu beherzigen. Immer wieder spürte er in den Gesprächen mit ihr das größere Maß an Lebenserfahrung, das sie dann so beschützend und mütterlich erscheinen ließ.

"Mit dem Erich habe ich besondere Schwierigkeiten", sagte Karl, nachdem er Bettina lange schweigend in den Arm genommen und sich an ihren weichen, warmen Körper gekuschelt hatte. "Erich soll den Betrieb seines Vaters übernehmen. Du weißt ja, ein Eisenwarengeschäft, um Elektrogeräte und Küchengeschirr erweitert. Aber Erich will einfach nicht, obwohl er weiß, daß der Laden gut läuft und er vom Vater nicht nur den Laden, sondern auch einen gewissen bürgerlichen Geschäftssinn geerbt hat. Die Schwierigkeit ist die, daß ich nicht so recht den Widerwillen Erichs gegen die bevorstehende Erbschaft begründen kann. Irgendwie reicht da meine Psychologie nicht aus."

"Du kannst dich nicht entscheiden, Karl. Aber das ist immer so, wenn ein Mensch eine neue Sache anfängt, die bei ihm verborgene Kräfte fordert. Als ich meine Praxis eingerichtet habe, da war alles ein Riesenproblem. Die Farbe der Gardinen, die Zeitschriften im Wartezimmer und anderes mehr. Du fängst eben erst an."

Bettinas Art, Karl zu trösten, war sanft und warm. Doch er spürte, daß er mit den Menschen, die er auf seinen Spaziergängen und in seiner Dichterklause erfand, ganz allein war und ihm niemand den Gang durch den Stoff, den er sich zurechtgelegt hatte, abnehmen konnte. Selbst ein so liebes und fürsorgliches Wesen wie Bettina konnte nicht an seiner Stelle dichten. Doch Karl hoffte auf den Winter. Der herbstliche Prunk des Etsch- und Passeiertales mit der Reblese und den langen Abenden in den Gewölbekellern war endgültig vorüber, und es schien eine Zeit der Innerlichkeit anzubrechen. Ehe er oben in Meran 2000 das Skifahren lernte, sollten die ersten fünfzig Seiten des Buches, dem er den Arbeitstitel *Unliebsames Erbe* beigelegt hatte, ins reine geschrieben sein. Schließlich wollte er auch Ferdinand gegenüber etwas vorweisen. Karl spürte, wenn auch mitunter recht widerwillig, ein Gefühl der Verpflichtung gegenüber dem Onkel in sich hochsteigen und wollte ihn nicht enttäuschen. "Ich werde noch ein Dichtermacher", hatte Ferdinand in einem launigen Augenblick zu Karl gesagt und dabei kühl gelächelt.

Bettina fühlte Karls Unruhe. Er war so lieb und doch so herrlich ungefestigt, schwankte zwischen Brotberuf und Dichtertum. Er hatte noch nicht den kruden Realismus etablierter Menschen angenommen, die in der Literatur höchstens eine Freizeitbeschäftigung sahen wie in Golf oder Polo. Nach deren Vorstellung war der Dichter bestenfalls ein genialer Müßiggänger, im Durchschnitt der Meinungen aber nur ein redseliger Taugenichts. Sie selbst sah sich korrumpiert durch ihre geachtete Position in der provinziellen Gesellschaft Merans. Sie war ein Stein im Gebäude des sogenannten kommunalen Kulturlebens, zahlendes Mitglied in etlichen Heimatvereinigungen und präsenzpflichtig bei Konzerten, Theaterpremieren und Empfängen. Dort traf sie all die Leute, die sich wegen Herzrhythmusstörungen, Magengeschwüren oder einer mangelhaften Leberfunktion ihrer ärztlichen Behandlung unterzogen. Ihre Existenz hing von ihnen und ihren Krankheiten ab, obwohl sie keinem Menschen eine Krankheit wünschte. Und die meisten gehörten zu den sogenannten Säulen der Gesellschaft. Bettina sah ihr Leben als eine Nummer auf dem Seil. Sie schwebte zwischen dem Himmel der Selbstverwirklichung im Beruf des Heilens und Helfens und der Hölle der Anpassung und Vereinnahmung durch die Mühle der gesellschaftlichen Betriebsamkeit.

"Ach, Sie hatten einen netten jungen Mann bei sich. Noch sehr jung." So sprach es der Herr Notar W., als er sein Hemd aufknöpfte, um sich von Bettina den Brustkorb abhorchen zu lassen. Das war am Morgen nach dem Herbstball der Fördergesellschaft des Stadttheaters gewesen. Er bemerkte diesen Vorgang scheinbar beiläufig, doch Bettina spürte die Spitze in der Bemerkung. Hätte der Notar sich offen geäußert, hätte er sagen müssen: "Sie gehen auf die Vierzig zu und vernaschen offensichtlich mit Genuß einen Zugereisten."

Karl hatte sich noch nicht in dem Spinnennetz verfangen, das alle etablierten Bürger einer Stadt zugleich verbindet und auf sanfte, aber sichere Weise gefangenhält. Sehen und gesehen werden, Schein und Schauspiel gehörten dazu wie höfliche Reden von minderem Wahrheitsgehalt, die dazu dienten, daß ein guter Eindruck entstand. Die Spinne, die ihr Netz wob, blieb unsichtbar, und das war das Fürchterliche an ihr. Sie zeigte sich nie offen, sondern lag stets auf der Lauer, damit keiner die Fäden der guten Beziehungen zerriß oder aus dem Netz sprang, wofür in den letzten Jahren das Wort *ausflippen* in Mode gekommen ist. Bettina zeichnete oft Spinnennetze, wenn sie müde war. Sie ließ dazu den Bleistift auf einem Blatt Papier auf und nieder hüpfen, bis sie genügend Punkte beieinanderhatte, und verband jene willkürlichen Punkte durch gerade Linien zu einem Netz. Meist warf sie diese Zufallsprodukte, kaum daß sie vollendet waren, wieder in den Papierkorb. Denn die meisten waren hastig und flüchtig ausgeführt, oft während eines Telephongesprächs. Das Spinnennetz war ihr nicht nur Metapher wie für einen Künstler oder Dichter, der es versteht und gewohnt ist, mit Metaphern zu spielen. Es war ihr ernst damit, und wenn sie sich dann und wann in nachdenklicher Stimmung befand, fragte sie sich, wer denn der Schöpfer dieses Netzes sei. Sollte sie ihn Tradition, Weltgeist oder Angst rufen? Sie hatte sich nie festgelegt, obwohl sie in ihren ersten Studiensemestern eifrig Philosophie betrieben hatte. Aber bestimmt hatte die Spinne viele Namen, und kein Philosoph konnte sie in einen bestimmten Begriff einfangen. Das Netz war kaum zu zerreißen: Ein Arzt konnte sich nicht in den Schatten der Gesellschaft, nicht hinter den Zaun stellen, der seine Klasse abgrenzte, höchstens geistig. Dann aber lief er Gefahr, schizophren zu werden.

Karl lief diese Gefahr nicht. Noch nicht. Wie ein exotischer Falter flatterte er in der freien Luft. Noch keine Fäden, noch keine festen Bindungen in der Society hielten ihn fest und gefangen.

"Ob ich wirklich zum Erzähler tauge, Bettina? Ich bin fünfundzwanzig, schreibe meinen ersten Roman. Was habe ich denn erlebt, um einen Roman zu schreiben?"

"Du mußt einen Faden suchen. Es geht nicht darum, ob du genug erlebt hast, sondern wie du die Welt in dir, dein Gedächtnis und deine Phantasie durchqueren willst. Du bist wie ein Bergsteiger, der ein Seil braucht, um weiterzukommen."

"Morgen werde ich sicherer sein. Weil ich heute

bei dir war."

Bettina umschlang ihn ganz fest, und sie küßten sich heftig. Es war ihr, als kehrte nach Jahren eine Wärme in sie zurück, die sie einmal in sich glühen spürte, als sie mit einem Mann zusammengewesen war.

Ferdinand. Wenn du vom Friseur kamst, war dein Nacken nie richtig ausrasiert. Ich habe es gesehen, und ich durfte es fühlen, als ich das erstemal bei dir im Bett war. Ich bin abenteuerlustig gewesen, ein Mädchen, das am liebsten Hosen trug und zum Spaß von Pas Zigarren rauchte. Pa war für mich ein und alles - na ja, bis zu einem gewissen Alter, ehe ich entdeckte, daß er nur ein einzelner Vertreter seines Geschlechts war. Seine Assistenten waren hübsche Burschen, aber die meisten hatten schon ein Mädchen, und jene Mädchen waren ja gar keine Mädchen mehr, sondern elegante Frauen, meist Inderinnen mit gelblichbrauner Haut. Da blieb ich kleine Europäerin, die sich Sorgen um die Größe ihres Busens machte und daß sie so blaß war, links liegen. Im nächsten Leben werde ich eine indische Tempeltänzerin, nahm ich mir vor. Oder noch besser ein Mann - dann konnte ich mir aussuchen, wen ich liebhaben wollte. Wahrscheinlich wäre ich depressiv geworden, wenn Pa nicht am Abend noch mit mir, dem Pater Isidor und Schwester Johanna musiziert hätte. Wir spielten Mozart und Haydn, Streichquartette, Pa die erste Geige, ich die zweite, Schwester Johanna die Bratsche und Pater Isidor das Cello. Hausmusik gehörte einfach dazu. "Ein Bad für die Seele", nannte Pa diese Abende immer, und Pater Isidor hatte einmal etwas vom Echo der himmlischen Harmonie in seinem Überschwang geflüstert; denn in Pas Gegenwart flüsterten die meisten Menschen, die mit ihm zusammen waren. Mit der Hausmusik hörte ich auf, als du, Ferdinand, unter allen möglichen Vorwänden mit mir allein zusammensein wolltest. Worum es dir ging, dämmerte mir, als dein Körper über meinem zuckte und ich meinte, wir müßten beide bersten. Für dich war es wohl eine Abwechslung von Margot, die so mütterlich und häuslich war. Einmal durfte ich dich ja in Neu-Delhi besuchen und habe gesehen, wie Margot deine Hosen und Taschentücher bügelte. Eine solche Frau wie sie hätte ich mit siebzehn nicht um alles Gold der Welt werden wollen. Du hast dich ja von ihr scheiden lassen, angeblich weil sie hysterisch und neurotisch geworden war. In Wirklichkeit war sie dir langweilig geworden - da gibt es kein Deuteln, Ferdinand. Ich bildete mir ja auch eine Weile ein, daß ich deine Geliebte wäre, und irgendwie machte mich das stolz. Denn ich, das Mädchen, das gefühlvolle Tagebücher führte und vom Leben nicht viel verstand, konnte dir geben, was dir Margot offensichtlich verweigerte oder einfach nicht geben konnte. Bis ich dahinterkam, daß ich eine von vielen war. Bis ich dahinterkam, daß du Vaters Freundschaften mit einflußreichen Leuten für dich ausnützen wolltest und ihn dazu drängtest, die ärztliche Schweigepflicht zu brechen; für einen Geheimdienst sind ja auch die Krankheiten eines Politikers oder Managers wichtig. Du konntest dich Vater aber nur nähern, indem auch du einige deiner Geheimnisse preisgabst, gewissermaßen als Einsatz für das dreckige Pokerspiel, in das du ihn hineingezogen hast. Als Pa anfing zu schreiben, weil er merkte, daß er älter wurde und seine Einsichten in den Menschen es verdienten, an die Nachgeborenen weitergereicht zu werden, da ist dir der Boden unter den Füßen heiß geworden. Ich war ja damals nicht mehr in Indien. Heute bereue ich es; denn als ich ging, war ja keiner mehr da, der so richtig auf Pa aufpaßte. Nach Mutters frühem Ende wollte er ja nicht mehr heiraten, um sie ewig in guter Erinnerung zu behalten. Aber ich bin gegangen, und daher fehlt mir der

Beweis, daß du, Ferdinand, es bist, der Vater auf dem Gewissen hat. Angeblich war es ja die Leber. Ein standesgemäßer Tod für einen alten Tropenarzt, der sich nicht nur die Hände, sondern auch Hals und Magen desinfizierte, ehe er in den Dienst ging. Aber die Leber geht nicht nur vom Alkohol kaputt. Man kann den Zerfall beschleunigen, indem man dem Whisky etwas beimischt - nicht dem ersten Glas, erst dem dritten oder vierten, wenn der Trinker nicht mehr die feinen Unterschiede schmeckt ... Es ist nur ein Verdacht, gewiß, und wenn ich hartnäckiger gewesen wäre, säßest du jetzt im Gefängnis. Die Inder könnten dich wegen Landesverrats bequem für den Rest deines schäbigen Lebens hinter Gitter setzen - und wer für den Mord zuständig ist, das weiß ich im Augenblick nicht genau. Aber ich werde weder die Kriminalpolizei bemühen noch die Gerichte anrufen. Ich werde nicht nach Wahrheitsfindung und Sühne schreien. Ich lasse dich mit deinem Gewissen allein. Mag sein, daß es schläft, betäubt von deiner Gier nach Macht und Profit. Aber ich bin sicher, es wird erwachen, spätestens in dem Augenblick, da sich um dein steinernes Herz alles zusammenkrampft und der Sensenmann dir höhnisch entgegenwinkt. Du wirst allein sein wie ein Astronaut in der Öde des Alls, dem die Nabelschnur zum Raumschiff gerissen ist. Ewig wirst du die eisige Schwerelosigkeit spüren, in der es keine Orientierung mehr gibt: kein Oben, kein Unten, keinen Grund und kein Ziel. Einsamkeit leidest du hier schon auf Erden. Sonst hättest du nicht Karl zu dir geholt. Aber diese irdische Einsamkeit kennt Auswege, nicht aber die eisige des Weltenraumes, wo kein Weg ist und keine Brücke ...

* * *

"Schnee ist weich, Karl. Komm, steh wieder auf!"

Karl lag rücklings am Fuße des sogenannten Idiotenhügels des Skiparadieses Meran 2000 und hatte sein erstes Erlebnis auf den Brettern hinter sich, die den Alpenbewohnern eine Welt bedeuten. Bettina freute sich, daß Karl doch den Mut aufgebracht hatte, den glitzernden Hang hinabzugleiten, der für sie selbst keine Mutprobe mehr darstellte, denn längst war sie schwierigere Abfahrten gewohnt.

"Ich bin auch schon am Boden gelegen."

"Ach, wie tröstlich, Betti. Wie gut, daß Menschen nicht mehrmals sterben, sonst könntest du eines Tages zu mir sagen: 'Mach dir nichts draus! Bin auch schon gestorben.'"

"Jetzt wirst du zynisch, Karl. So wie Ferdinand. Ach, sieh, er kommt schon. Willst du hier eigentlich festfrieren?"

In diesem Augenblick traf ein Schneeball Bettina im Genick.

"Na, ihr Skihasen. Eigentlich Hase und Häsin."

Ferdinand lachte heiser. Er packte Karl unter den Achseln wie ein Sanitäter und stellte ihn mit einem Ruck wieder auf die Füße. Dann klopfte er ihm väterlich auf die Schulter und meinte:

"Ich bin der Häsin zu Hilfe gekommen."

"Ich werde dich für einen Verdienstorden vorschlagen, lieber Onkel."

"Ach, jetzt wird er förmlich."

Ferdinand zwinkerte Bettina zu, doch als er in ihr Gesicht sah, befiel ihn merkwürdige Unsicherheit. Sie starrte ihn an wie einen Verbrecher. Kalt wie der Schnee auf der Piste war ihr Blick. Was sie nur hatte ...?

"Ist dir nicht wohl, Frau Doktor?"

"Nein, nichts. Komm, wir fahren mit dem Lift noch mal hinauf."

Ferdinand schwieg. Der Tag war zu schön, um durch bohrende Fragen verdorben zu werden. Er genoß das Eldorado der weißen Hänge, die so bräunlich-grünlich durch seine Skibrille schimmerten, als seien sie mit einem farbigen Firnis überzogen. Wenn er genoß und sich entspannte, blieb die Welt, blieben die Geschäfte draußen vor der Tür. Mit dem Alter hatte zwar die Kondition nachgelassen, nicht aber Lust und Vergnügen. Skifahren war nur eine Form, den täglichen Kampf um Erfolg zu vergessen. Im nächsten Sommer wollte er das Angeln lernen, und vielleicht malte er noch eines Tages blau schimmernde Alpengipfel in Öl oder Tempera. Vielleicht, vielleicht. Ferdinand war sich nicht sicher, wie lange er noch in Meran bleiben würde. Der Inder hatte ihm erst unlängst einen unangenehmen Auftritt bereitet, betrunken und hochmütig, hatte Anteile an *TRADE AND LIFE* gefordert; er wolle nicht mehr nur die Dreckarbeit machen und sich mit jämmerlichen Dollarhonoraren abspeisen lassen. Man sollte am besten alles selber machen, dann hätte man keine Handlanger mehr nötig. Ferdinand bekam fast einen bitteren Geschmack im Mund, als er im Sessellift den Hang hinaufschwebte, vor sich die Riesenwand des Iffinger vor Augen. Vor ihm saßen Karl und Bettina im Doppelsessel, beide noch jünger als er. Denen gehörte die Zukunft.

Ferdinand versuchte sich von den teils furchtsamen, teils neidischen Gedanken über den Inder und das Pärchen im Lift abzulenken. Aber es ist so schwer, ruhig in einem Sessellift zu sitzen und die Gedanken im Tal zu lassen. Manchmal hatte Ferdinand das Gefühl, als befielen ihn seit seiner Ankunft in Meran Zwangsvorstellungen. Er war schon des öfteren in der Nacht auf der Allee spazierengegangen und hatte hinter den Bäumen verdächtige Schatten gesehen. Seit einiger Zeit nahm er auch eine mäßige Dosis eines Beruhigungsmittels ein, damit er besser abschalten konnte. Die Jahre in Indien waren noch unverdaut. Sie ließen sich nicht mit Vergessen abspeisen. Immer wieder sah er das Gesicht des Doktors. Er wurde den

Blick der blauen Augen nicht los, diesen diagnostischen und durchdringenden Blick.

"Macht und Gerechtigkeit erweisen sich in der Geschichte immer mehr als unversöhnlich. Denn die Macht will nicht dulden, daß denen Gerechtigkeit widerfährt, die unter der Macht stehen. Rohe Macht fürchtet den Verzicht und die Verantwortung. Das ist das Geheimnis der Misere unserer Welt."

Der Doktor konnte glänzend schreiben und reden. Ferdinand bewahrte seine Aufsätze in einer roten Mappe auf. Auch wenn sich der Doktor mit der Zeit immer mehr auf die Seite der von ihm so genannten Gerechtigkeit geschlagen hatte und nach Ferdinands Meinung jeder Macht hätte entsagen müssen, so bediente er sich doch der Macht des Wortes, verstand es, Fäden zur Weltpresse zu knüpfen und Journalisten auf Fährten zu locken, die dem, der diese Fährten hinterließ, bedrohlich werden konnten.

Unten, auf dem Schneeplateau, wedelten die Skifahrer ihre Schwünge und Bögen. Es sah alles aus wie ein unschuldiges Spiel, und doch war der Schnee ein sicheres Grab, falls er sich zur Lawine ballte und in riesigen Schollen den Hang heruntergedonnerte. Es gab einsame Schneegebiete, in denen ein Schuß, ein Knall oder auch nur ein einziger lauter Ruf genügte, um die Massen in Bewegung zu setzen. Wehe dem, der Warnschilder und Absperrungen nicht beachtete. Allmähliches Ersticken und Erfrieren waren kein humaner Tod. Aber dem sicher, der in einem Schneebrett ertrank, ohne daß Zeugen es sahen oder wußten. Auch Gletscherspalten sind praktische Gräber. Es dauert Jahrzehnte, bis sie einen Toten wieder hergeben.

Wenn nun Bettina ein Unfall geschah - oder Karl? Vielleicht war er zunächst schockiert. Aber es konnte auch sein, daß ihn die unendliche Erleichterung überkam wie damals beim Tode des

Doktors. Für Ferdinand war es beunruhigend, nicht zu wissen, was Bettina von ihrem Vater über ihn wußte, über seine Transaktionen und Beziehungen. Sie konnte mit Interpol und einer Horde von Richtern und Staatsanwälten gute Geschäfte machen. Aber Bettina hatte sich in Meran eingenistet, pflegte ihrerseits Beziehungen. Es wäre nicht klug, wenn sie hier plötzlich verschwände. Amerika oder Kanada - das wäre etwas anderes. Dort wäre sie nur eine Fremde, dort bestand nicht einmal Meldepflicht. Er beschloß, seine Unruhe nicht länger zu ertragen. Für die Zukunft brauchte er Sicherheiten. Er fand sich selbst bei weitem nicht so unpraktisch wie Karl, der seinen Roman einfach ins Blaue hinein schrieb. "Du mußt doch wissen, für wen du schreibst und wieviel du an dem Buch verdienen willst", hatte er Karl recht heftig vorgehalten. Das war vorgestern. Karl hatte ihn ganz erstaunt angeschaut. Wohl weniger wegen dem, *was* er sagte, als vielmehr wegen der Heftigkeit, in die er dummerweise verfallen war. Dummerweise verfallen - das waren die rechten Worte; denn in Ferdinands Credo zählte der Satz "Selbstbeherrschung ist das Geheimnis des Erfolges" zu den unverbrüchlichen Wahrheiten. Und auch Karls literarische Karriere war ein Geschäft, in dem er, Ferdinand, durchaus erfolgreich sein wollte. Als Dichtermacher hatte er im Business der Agenten und Verleger zu bestehen.

Ferdinands Beunruhigung endete in dem Augenblick, als an einem der letzten Masten des Sesselliftes das Schild erschien, das besagte, daß sich die Skifahrer zum Aussteigen bereitzumachen hätten. Er folgte dem Hinweis und verließ Sekunden später seinen Sitz. Kalter Wind brauste ihm ins Gesicht, im Grunde eine Irreführung durch die Natur, denn die Sonne strahlte ungehemmt vom klarblauen Himmel herab, um ungeschützten Gesichtern die Haut zu verbrennen.

"Wunderbar", preßte er scheinbar locker und

weltmännisch aus sich heraus. "Genieße die Märchenwelt des alpinen Winters, lieber Karl!"

Karl grinste zu Bettina hinüber. Sie verzog eher säuerlich als vergnügt ihr Gesicht zu einem Lächeln, denn sie spürte die unsichtbare Spannung, die sich in den letzten Wochen zwischen ihr und Ferdinand angestaut hatte. Es war zum Angsthaben. Sie würde bei der Abfahrt erst nach Ferdinand starten, denn man konnte nicht wissen, ob er unter dem Skianzug nicht eine Pistole mit Schalldämpfer bereithielt.

"Ja, Karl wird sich ein Leben ohne all die Zauberei des Winters bald nicht mehr vorstellen können", erwiderte sie ganz sachlich Ferdinands Bemerkung. Und dann brauchte es nur Minuten, daß sie die Abfahrt machten. Als erster fuhr Ferdinand, dann Karl und zum Schluß sie selbst.

* * *

Die Weihnachtstage des vergangenen Jahres verbrachte Karl dort, wo er ein halbes Jahr zuvor hergekommen war, nämlich bei seinen Eltern. Er wagte es nicht mehr, deren Behausung und die dazugehörige Welt, wo auch er immer selbstverständlich dazugehört hatte, *sein* Zuhause zu nennen. Die Zeit in Meran hatte sein Bewußtsein und sein Lebensgefühl umgeschmiedet. Er kam sich nicht mehr vor als der einzige Sohn eines Beamtenhaushaltes, in dem die altväterliche Rollenverteilung noch galt: Vater = Arbeit und Politik; Mutter = Wohnung und Haushaltskasse; Filius = etwas Besseres werden als der Vater oder zumindest etwas Vernünftiges. Karl hatte das Spiel gespielt, das ihn Eduard und Gertrud, seine Eltern, gelehrt hatten und welches sie Leben nannten. Dabei war dies Spiel gar nicht ihre eigene Erfindung, denn sie hatten es auch bei anderen gelernt, bei ihren Eltern und den sogenannten Vorbildern. Als Kind war ihm auch nichts anderes übriggeblieben, als sich an die Spielregeln zu halten: Morgens pünktlich aus den Federn, folgt gründliche Reinigung von Hals, Gesicht und Händen, danach gemeinsames Frühstück, wobei nichts geredet wird außer dem Nötigsten, um den Vater nicht bei der Lektüre der Morgenzeitung zu stören, folgt Schulbesuch, zuerst Grundschule, dann Gymnasium, Mittagessen manchmal mit Vater und Mutter, öfter allein, während die Mutter schon zum Abwasch in der Küche steht und der Vater in der Baubehörde durcharbeitet, weil kommunalpolitisch bedeutende Projekte auf dem Spiel stehen - wie er selber sagt -, folgt kurze Verschnaufpause, dann Hausaufgaben oder Sport, an guten Tagen auch mit Vergnügen auf dem Klavier im Wohnzimmer geklimpert, in jüngeren Jahren Mozart und Bach, später Jazz und Chanson, folgt Vorabendprogramm im Fernsehen oder heimliche Schriftstellerei, wobei letztere durch das Eintreffen des Vaters beendet wird - denn das Schreiben von Herzensergüssen in alte Schulhefte gilt als Verstoß gegen die Regeln. Man vertraut dem Papier ja Gedanken an, die man den Eltern verheimlicht. Folgt häusliche Arbeit, worunter Mithilfe beim Autowaschen oder im Bastelkeller zu verstehen ist. Manchmal bedeutet es auch Aufräumen des Zimmers nach vorhergehender Inspektion durch den Vater; denn eine der grundsätzlichsten Regeln in dem Spiel lautet: "Ordnung ist das halbe Leben." Folgt das gemeinsame Abendbrot. Es wird nur an wenigen Tagen des Jahres mit Genuß eingenommen, vor allem an jenen Sonntagen, wo Vater und Mutter einander ansehen und sich fragen, wozu sie eigentlich Rundfunkgebühren bezahlen, wenn nicht einmal am Sonntag etwas Gescheites gesendet würde. Unter einer gescheiten Sendung verstand allerdings jedes Mitglied der dreiköpfigen Hausgemeinschaft etwas anderes: Vater zum Beispiel den *Tatort*, Mutter eine Operette oder einen alten Film mit

Lilian Harvey und er, Karl, einen Film mit historischem Hintergrund, möglichst nach einem Roman oder einer Novelle gedreht. Nein, die meisten Abendessen - es mochten zwischen 7.000 und 7.500 sein, wenn man die Tage dazu zählte, als er seine Mahlzeiten noch mit dem Schnuller aus der Flasche saugte -, die meisten Abendessen taugten nicht für wehmütige Rückbesinnungen auf die Kindheit. Folgte viel Einsamkeit an den Abenden. Vater hatte Akten aus der Behörde mitgebracht, Mutter häkelte und strickte allerlei nette Dinge, für den Basar der Kirchengemeinde oder für Freundinnen, die sich für derlei Betätigung keine Zeit nahmen. Er selbst war an solchen Abenden zum Träumer und Dichter geworden.

Länger als seine Schulkameraden und Bekannten hatte er das Lebensspiel der Eltern mitgespielt, aber seit dem Abitur war es immer mehr zum Schauspiel, zur Komödie mit tragischem Hintergrund heruntergekommen. Die Rituale galten nichts mehr, waren nicht mehr heilig, oder ihre Erwähnung hätte pure Lächerlichkeit bedeutet: Daß man sich morgens das Gesicht wusch und die Schuhe beim Betreten des Hauses auf der Matte abstreifte, war kein Spiel mehr, gegen das man sich kindisch sträubte.

Ehe Karl im Sommer auf das Angebot Ferdinands eingegangen war, nach Meran zu kommen, hatte er schon mehrfach mit dem Gedanken gespielt, aus dem Laden (wie er ganz unpoetisch sein Elternhaus nannte) auszusteigen, doch die Bekanntschaft mit anderen Menschen, die entweder im Zorn oder in bitterer Resignation den an sich natürlichen Abflug aus dem Nest der Kindheit versucht hatten, ließ ihn den Zeitpunkt des eigenen Abflugs immer wieder hinauszögern. Er konnte sich nicht vorstellen, eine Existenz nach dem Bild der Eltern zu begründen, was für viele Menschen die bequemste Art der Lebensbewältigung bedeutet, aber er wollte auch nicht herumsitzen in einer Wohngemeinschaft Ewigjugendlicher, deren geistige Hauptbeschäftigung im Rühren des immer wieder aufkochenden Problemsüppchens beruht. Und zum Einsiedler fehlte ihm eigentlich das Durchhaltevermögen.

Jetzt war Karl flügge geworden. In einem gewissen Sinn traten Ferdinand und Bettina an die Stelle von Eduard und Gertrud, wenn auch die Beziehung zu Ferdinand und jene zu Bettina zwei verschiedene, wenn nicht gar feindliche Welten offenbarten. Aber er war noch nicht so weit, daß ihm das Gehäuse seiner Herkunft, in welches Erinnerungen, Erfahrungen, vergangene Genüsse und Leiden eingeschlossen waren, nur noch eine Kiste mit möglicherweise liebenswertem, aber doch abgetanem Plunder war. An Heiligabend sah er alle Heiligabende, die er bewußt mitgefeiert hatte, in einem idealen Bild versammelt, und als Gertrud die alte Schallplatte mit den Liedern des Tölzer Knabenchores auflegte, war ihm, als sei die Zeit stehengeblieben und der Ausbruch nach Meran habe sich nur im Traum ereignet.

Die Kerzen am Christbaum flackerten, als habe jemand die Kindheit wiederentzündet, und wie an jedem Weihnachtsabend suchte Eduard im Halbdunkel erst einmal nach seiner Brille, ehe er das Evangelium von der Geburt Christi vorlas. Es war immer so gewesen bis auf den einen Heiligabend, als Gertrud nach dem Evangelium halblaut geseufzt hatte: "Er ist eben der einzige Sohn", was Karl als Kind auf den Gottessohn und erst später auf sich selber bezog.

Und doch vermochte der Glanz einer wirklich deutschen Weihnacht mit Schnee auf den Straßen und einem frostklaren Sternenhimmel nicht wiederherzustellen, was gewesen war - so sehr Eduard und Gertrud sich das wohl wünschten, wie sie in den Gesprächen während der Feiertage teils im Tone der Forderung, teils unter gefühlsgeladenen Vorhaltungen zum Ausdruck brachten.

"Meran mag ja nett sein. Aber es ist ein Kurort. Man fährt hin und kehrt wieder zurück. Zum Donnerwetter, was ist dir bei uns widerfahren, daß du mir nichts dir nichts eine sichere Stellung aufgibst und in Meran deine Seifenblasen zum Himmel pustest?"

Tja, in der Erregung konnte Eduard sich bis zu einem gewissen Grad poetisch ausdrücken. Zwei Dinge fielen Karl am Satz des Vaters auf: Erstens, daß er das neutrale Wort *widerfahren* gebrauchte, das ungeklärt läßt, worin die Ursache besteht, daß ein Mensch sein gewohntes Verhalten ändert. Vielleicht wäre die Frage ehrlicher gewesen, hätte er gefragt: "Zum Donnerwetter, was haben wir getan, daß du ...?" Zweitens war das Wort von den Seifenblasen, die er, Karl, angeblich zum Himmel puste, eine hübsche Metapher, die sich zu einem Gedicht auswalzen ließ.

Früher, vor einem halben Jahr noch, hatte Karl nicht auf die Wortwahl in den Sätzen seines Vaters geachtet. Eduards Sprache war ihm selbstverständlich gewesen. Inzwischen hatte er jene Distanz gewonnen, die einer braucht, um die Worte eines anderen zu prüfen und zu wägen.

Und Gertrud?

Sie sagte nichts. Saß wie immer zwischen zwei Stühlen. War es nicht gewohnt, Eduard zu widersprechen. Fürchtete den Zorn Eduards und das Schuldgefühl, das anschließend in ihrer Seele keimte, wenn sie eine eigenständige Position einnahm. Aber sie fühlte auch mit Karl, ihrem Karli, dem Einzigen. Er war ihr Wesen, nicht nur biologisch. Seine labile Seele war ihrer eigenen nachgestaltet, aber er hatte auch von ihr gelernt, die Schwankungen der Gefühle zu verbergen, wie sie es in einem Vierteljahrhundert Ehe und Familie für sich eingeübt hatte.

"Ich möchte keinen Krieg führen, Vater. Nicht gegen dich oder deine Ansichten. Was ich getan habe, tun Tausende und Millionen von Söhnen ihren Eltern an. Es ist ein Naturgesetz. Du hast auch einmal das Nest hinter dir gelassen, in dem dich deine Eltern großgezogen haben."

Eduard schaute erstaunt seinem Sohn ins Gesicht. Am liebsten hätte er weitergepoltert, aber es fehlte ihm das Zeug zum perfekten Familientyrannen. Irgendwo war da eine weiche Schicht in seinem Innern, etwas Lehm zwischen all dem Granit, mit dem er seine innere Natur im Laufe der Jahre gepanzert hatte, um sein pflichtbewußtes Dasein zu bestehen. Karls Bemerkung warf ihn zurück in die eigene Jugend, als er die unscheinbare, aber solide Position auf dem Rathaus dem glanzvollen Leben des Business vorzog, das sein Bruder Ferdinand führte. Man hatte Ferdi gehätschelt, den angeblich überarbeiteten Ferdi, den geselligen Ferdi, den Ferdi voller Esprit. Seine, Eduards, Tugenden wußte niemand zu achten, weder die Eltern noch der ganze familiäre Anhang. Er hatte es nicht leicht gehabt, seinen eigenen geradlinigen Weg zu gehen, hatte sich auch in der grauen Existenz des Beamtenlebens behaupten müssen gegen den Ehrgeiz und die Vorhaltungen der eigenen Eltern, die ein kleines Lebensmittelgeschäft in der Altstadt betrieben, das längst nicht mehr bestand.

"Mag sein, mein Sohn. Aber vergiß nicht, ich will nur dein Bestes."

"Ja, wir wollen nur dein Bestes, Karli." Und Gertrud legte ihre Hand auf Karls rechte Schulter. Karl zuckte ein wenig, als habe ihn ein schwacher elektrischer Schlag getroffen. Er dachte an Bettina. Auch sie hatte ihn so berührt. Vielleicht hundertmal in der kurzen Zeit ihrer Liebe, doch Bettinas Berührungen wollten etwas ganz anderes sagen als die besorgte Geste Gertruds. Ein zarter Druck von Bettinas Hand war nur ein Vorspiel, eine Andeutung für heißere und innigere Zärtlichkeiten, während Gertruds mütterliche Zuwendung in der bescheidenen Handauflegung gipfelte. Arme Gertrud. Karl hätte ihr Tasten gerne erwidert, aber er wußte nicht wie.

Als er zu Neujahr wieder abreiste und die verschneiten Täler der Alpen durchquerte, war er sich gewiß, daß Kindheit und Jugend endgültig vorüber waren. Und doch wollte er Gertrud und Eduard nicht einfach aus der Chronik seines vorläufigen Lebens streichen. Er fühlte, mit solch einer grausamen Tat hätte er sich selber entwurzelt.

* * *

Über Bettina war große Angst gekommen, seit sie an einem Morgen im Januar entdeckte, daß jemand in ihrer Arztpraxis eingebrochen hatte. Es war kein brutaler Einbruch geschehen, nur das Türschloß war aufgebrochen, und im Sprechzimmer lagen nicht mehr alle Papiere so, wie sie Bettina am Vorabend hingelegt hatte. Weder fehlten Wertsachen, Unterlagen aus der Patientenkartei noch Drogen aus dem Giftschrank. Der Einbrecher hatte etwas Bestimmtes gesucht, das er in der Praxis zu finden hoffte. Natürlich war die Polizei verständigt worden, ein Protokoll wurde aufgenommen, doch es gab so gut wie keine Spuren, denn wie jeder gute Einbrecher hatte der Täter Handschuhe zu seiner Tat getragen. Auch hatte niemand den Einbruch beobachtet. Und er wäre auch gar nicht so wichtig für die Geschichte, wäre nicht die Angst über Bettina gekommen, und mit der Angst kam der Inder. Von da an nahm die Geschichte jene Wendung, die zum Ende, zum Erwachen Karls führte, wovon schon am Anfang berichtet wurde. Aber hier eilt die Erzählung der Geschichte voraus; denn noch sind die größeren Erschütterungen in dem Spiel zwischen den drei Personen nicht erzählt.

Bettinas Angst türmte sich nach jenem Einbruch auf wie die Wolkentürme vor einem Gewitter. Doch wie es in der äußeren Natur ist, so auch in der inneren: Ehe die offensichtlichen Zeichen einer nahenden Katastrophe dem Betrachter erscheinen, hat sich schon längst im verborgenen das Verhängnis zusammengeschnürt. Die Weihnachtstage ohne Karl hatten sie der freundlich getarnten Zudringlichkeit Ferdinands ausgesetzt. Er lud sie ein, nahm sie mit, sie tranken miteinander, und es geschah an Silvester, daß sie seit Jahren wieder zuviel trank und sich nicht widersetzte, als Ferdinand heftig wurde, sie auszog, zwischen den Beinen streichelte und heftig küßte. Und doch raubte ihr der Rausch nicht so weit die Besinnung, daß ihr entging, wozu diese Annäherung diente: Ferdinand wollte die Papiere des Doktors, ihres Vaters, sehen - nicht die Manuskripte der Artikel, die er zu Lebzeiten veröffentlicht hatte, sondern seine Tagebücher und Briefe. Sie war nicht wachsam gewesen und hatte sich die Bemerkung entlocken lassen, daß ein Tagebuch ihres Vaters existierte. Unklug und leichtsinnig, wie ihr am Neujahrsmorgen voll Reue in den Sinn kam. Jetzt hatte Ferdinand Witterung aufgenommen wie ein blutrünstiger Hund. Nachdem er sich der Existenz des Tagebuches gewiß war, wollte er natürlich wissen, was darin ihn betreffend offenbart wurde. Bettina sah einen direkten Zusammenhang zwischen dem Silvesterabend und dem Einbruch in ihre Praxis. Sie glaubte aber nicht, daß Ferdinand selbst der Einbrecher war. Irgend jemand half ihm. Karl konnte es nicht sein, auch wenn er von Ferdinand abhängig war. Karl hätte zum Beispiel die Villa durchsuchen können, denn seit seiner Rückkehr besaß er einen Zweitschlüssel und konnte nach Belieben ein und aus gehen. Aber Karl hatte nichts angerührt außer ein paar Büchern und Flaschen. Bettina hatte einen feinen Sinn dafür, wenn sich in ihrer Abwesenheit in einem Zimmer etwas verändert hatte.

Sie erzählte Karl von dem Einbruch, nachdem

die Polizei das Protokoll aufgenommen und der Beamte begütigend gemeint hatte: "Ist ja nichts weggekommen, Frau Doktor", gerade so, als stände er mit dem Einbrecher im Bunde, anstatt ihn zu jagen. Aber sie erzählte Karl nur vom Einbruch und nicht von ihrer Angst. Er war so in seine Bücher vertieft, daß ihre Angst seine Kreise nicht stören sollte. Zudem fühlte sie sich in ihrer Freundschaft als die ruhige, erfahrene Bettina, die dem labilen Karl mit all seinen nervösen Beschwerden Halt und Hoffnung bieten mußte. Aber sie fühlte immer weniger, daß sie dem Anspruch entsprach, den sie an sich selber stellte.

"Ja, es kommt vor, daß in Arztpraxen eingebrochen wird", sagte Karl, als Bettina ihn in seinem Studio besuchte. Er saß hinter einer neuen komfortablen Schreibmaschine, deren elektronische Funktionen Karl vom ersten Tag an fasziniert hatten. "So ein Ding verstärkt das Gefühl des Dichters, Macht über die Worte auszuüben. Wenn Goethe sich verschrieb oder Hermann Hesse daneben tippte, dann mußten sie radieren oder durchstreichen. Ich verbessere schon, ehe ich schreibe, denn ich schreibe mit Display und kann alles schon sehen, ehe es gedruckt wird." Ein gewisser Stolz erfüllte ihn. Gerade tippte er ein Exposé für seinen mühsam entstehenden Roman. Er hoffte auf teilnehmendes Interesse literarischer Agenturen und Verlage. Bettina wünschte ihm Erfolg beim Schreiben. Freilich war dieser Wunsch nicht mehr ohne Vorbehalt. Auch hier mischte sich die Stimme der Angst ein und überzog Bettina mit Zweifeln und quälenden Fragen.

"Wenn er dich gegen seinen Ruhm verkauft, was dann? Du kannst keinem Menschen restlos vertrauen. Jede Liebe hat noch einen dunklen Rest, gewissermaßen den trüben Bodensatz, der durch unvorhergesehene Ereignisse aufgerührt wird und den ganzen klaren Wein der Hingabe zu einer ungenießbaren Brühe macht. Hüte dich vor Illusionen! Du hast schon viele Gelegenheiten verpaßt ..."

Das war das Grausame an Bettinas Angst, daß sie immer wieder von der Gegenwart ablenkte und ihr die Vergangenheit oder die Zukunft wie einen Zerrspiegel vor Augen hielt, in welchem die schönsten Gesichter zu Grimassen und Fratzen entarten. Die Angst sprach von ungenutzten Chancen, von vertaner Zeit und sinnlosen Jugendjahren. Und sie sprach unermüdlich, ließ sich nur schwer zum Schweigen bringen. Bettina wollte ihr Geschwätz erst ignorieren. Sie unternahm lange Spaziergänge durch den feuchtkalten Winter des Passertales, atmete tief die geruchlose Luft und dachte daran, daß Laufen eine gute Therapie gegen Depressionen sei, welche sie schon manchen Patienten statt betäubender oder anregender Medikamente verordnet hatte. Doch so viel sie auch lief, bis hinauf in die verschneiten Wälder, wo jeder Schritt schwer wurde, die Angst lief nach und lief mit, und es wurde nach und nach ein Wettlauf daraus.

Eine praktische Folge jener aufziehenden Angstgewitter bestand darin, daß Bettina immer mehr die Gesellschaft Ferdinands mied, obwohl ihr Verstand sie davor warnte, bei Ferdinand Verdacht aufkommen zu lassen. Sie stellte sich sein Lachen über ihre Angst vor. Diabolisch würde er lachen; denn er war der Stifter der Angst in ihrer Seele. Also, so tun, als wäre nichts geschehen ...

"Ja, es kommt vor, daß in Arztpraxen eingebrochen wird", wiederholte Bettina den Satz Karls. "Aber wir lassen uns die Stimmung nicht verderben. Du hast ja viel Freude beim Schreiben."

"Nur wenn ich mein Pensum geschafft habe, Bettina. Nur dann, wenn ich das Geschriebene vor mir sehe. Vorher nicht. Da bin ich nur einer, der davon träumt, etwas zu schreiben. Und das ist die schlimmste Qual. Der Unterschied zwischen jemand, der Gedichte schreibt, und jemand, der erzählt, ist der, daß die Qual bei den meisten Erzählern länger dauert. Mit dem Roman wollte ich eigentlich schon nach vier Wochen fertig sein, und jetzt sind es bald vier Monate."

Karl sprach in einem Ton, als habe er große Erfahrung auf dem Feld der Literatur gesammelt. Dabei machte er nur erste Gehversuche. Für Bettina war er in diesem Augenblick ein altkluges Kind, das zu belehren Geduld und innere Kraft kostete.

Am Abend jenes Tages, als sie ihm von dem Einbruch in die Praxis berichtet hatte, gingen sie miteinander essen. Sie hatten dieses Restaurant schon mehrfach miteinander besucht, zweimal war auch Ferdinand dabeigewesen. Bettina hoffte, in dem weiten Gewölbekeller mit seinen Nischen, den rot beschirmten Laternen an der Wand und den flackernden Kerzen auf dem Tisch die Angst abschütteln zu können und die wärmende Kraft der Zuneigung Karls bewußt und dankbar zu spüren. Es war kein vornehmes Restaurant wie jene der Hotels, wo schwarz befrackte Kellner eilfertig oder mit vornehmer Nachlässigkeit ihre Dienste verrichten. "Bitte sehr, der Herr! Die gnädige Frau wünschen? Die Spezialitäten vom Wild erhalten Sie rasch. Der Rosé ist trocken, aber nicht zu sehr." Hier kam die Bedienung im Dirndl und legte ein neues Tischtuch auf, während die Gäste schon Platz genommen hatten. Karl störte sich nicht daran, auch wenn er einmal gesagt hatte: "Essen im Gasthaus ist ein Ritual. Ich bin hinterher immer müde."

Sie tranken einen Aperitif, und Bettina spürte, daß sie den Alkohol vor Beginn der Mahlzeit wirklich brauchte, um den Krampf um den Mageneingang wirksam zu lösen. Während sie Karl beim gemeinsamen Essen gewöhnlich vergnügt zulächelte, brauchte sie dieses Mal Mühe und Selbstbeherrschung.

"Auf dein Buch, Karl!"

"Auf dein Wohl, Bettina!"

Sie stießen miteinander an, und als er das Glas absetzte, bemerkte Karl: "Du bist mitgenommen, Bettina. Was ist es? Die Arbeit, der Einbruch - oder habe ich etwa daran schuld?"

Bettina spürte, wie zwar warme Wellen über die Brust und den Hals in ihren Kopf strömten, aber dennoch kam nicht das ersehnte Gefühl von Geborgenheit und Zuversicht in ihr auf. Im Gegenteil: Da bohrte sich ein Schmerz in den linken Lungenflügel und die Nieren. Nur dumpf war er, aber lähmend und von unheimlicher Gewalt über den ganzen Körper. "Psychosomatisch", fuhr es Bettina durch den Kopf. Am liebsten wäre sie davongelaufen, doch sie war klar genug, um zu ahnen, daß eine Flucht die Beschwerde nur vergrößerte und steigerte.

"Es geht dir wirklich nicht gut, Bettina. Du solltest Ferien machen."

Als das Essen kam, spürte Bettina Widerwillen. Die Kehle war eng und der Gaumen trocken. Sie trank hastig vom Wein und konnte den Teller mit dem dampfenden Fleisch und den Teigwaren gar nicht ansehen. Die Serviette zu entfalten und die Gabel in die Hand zu nehmen - dieser banale Vorgang geriet ihr zur Zitterpartie.

Zu der eigentlichen Schwäche Bettinas kam noch das Empfinden der Peinlichkeit darüber. Sie verstand es nicht mehr, für Karl das mütterliche, behütende Wesen zu sein, als das sie sich bisher gezeigt hatte. Mühsam begann sie zu essen und wandte alle Kraft anerzogener Selbstbeherrschung dafür auf.

Während dieses Essens geschah es, daß der Inder, von dem schon die Rede war, in dem Restaurant auftauchte, wo Karl und Bettina beieinandersaßen. Er kam allein und wollte sich an einen Ecktisch am Kellereingang setzen, als er plötzlich Karl erblickte. Gemessenen Schrittes und mit unbewegtem Gesicht ging er auf den

Tisch von Karl und Bettina zu, an dem noch zwei Stühle frei waren. Karl kannte den Inder erst seit kurzem, nachdem ihn Ferdinand bei einer Party in der Bar des Bellevue vorgestellt hatte. Höflich, ausnehmend höflich hatte er sich benommen, selbst als er schon ob der zahlreichen Martinis an jenem Abend beim Gehen erheblich schwankte. Ferdinand nämlich war laut geworden und hatte vergeblich versucht, Opernarien anzustimmen. Nach dem ersten Satz aber entfielen ihm jedesmal Text oder Melodie.

"Schönen Abend, my friend", grüßte der Inder, und dann sah er Bettina an, die erschrocken vom quälenden Geschäft des Essens aufsah und das Besteck beiseite legte. Er streckte ihr die Hand hin, eine braune Hand, wie die eines Mädchens, noch zarter als Karls Künstlerhände. "Frau Doktor, wenn ich mich nicht irre?"

"Sie kennen mich?"

"Nur von Erzählungen. Doch - einmal habe ich Sie auch schon gesehen, aber nur aus der Ferne. War wohl im Theater."

Karl spürte keine Lust, sich von dem Inder noch weiter den Abend stören zu lassen, und sagte: "Die Frau Doktor fühlt sich nicht wohl. Es wird besser sein - ein anderes Mal ... Sie verstehen?"

"Sehr wohl."

Der Inder neigte sich leicht höfisch. Er wollte sich gerade verabschieden, da sagte Bettina laut und entschlossen: "Setzen Sie sich doch zu uns! Indien ist gewissermaßen meine Heimat. Ich bin dort aufgewachsen."

"Ihr Vater war ein berühmter Arzt, ich weiß. Und ein großer Pazifist."

"Die Mächtigen ertrugen seine Stimme nicht", sagte Karl und nickte dem Inder zu. Er wollte sagen: "Setz dich ruhig hin!"

Der Inder zuckte mit der linken Augenbraue, was Karl noch öfter an ihm beobachten sollte. Es war die einzige nervöse Gewohnheit dieses sonst so selbstbeherrschten Menschen. Dieses Zucken kam, als Karl sagte: "Die Mächtigen ertrugen seine Stimme nicht." Nur ein kleiner Moment der Unsicherheit. Dabei hatte Karl seinen Satz nicht als Anspielung auf den Inder verstanden, höchstens als Anspielung auf Ferdinand, dem er nach einem halben Jahr nicht glaubte, daß er sich ausschließlich auf den Export von Computersoftware für friedliche Zwecke in seinen geschäftlichen Aktivitäten beschränkte.

"Es ist vorüber. Wir wollen sein Andenken bewahren, wie es sich gehört."

Der Inder nahm Platz zwischen Bettina und Karl. Bettina nickte ihm zu. Er roch nach Zedern, seine Augen glänzten lebhaft, sein schwarzes gescheiteltes Haar wies einige Silberfäden auf. Von der Nasenwurzel gingen zwei dünne Falten ab zu den Mundwinkeln, die sich immer dann vertieften, wenn er sprach.

"Wo haben Sie Deutsch gelernt?" fragte Bettina.

"Studium an der Technischen Universität München", sagte er wie beiläufig. "Ein bißchen wollte ich dabeisein. Beim deutschen Wirtschaftswunder."

"Sie sind ehrlich."

Bettina spürte, wie durch die Gegenwart des Inders Beruhigung einkehrte und sich auch der blockierte Appetit wieder meldete. Die Kellnerin kam, und der Inder bestellte einen Kognak und einen halben Liter Rotwein. "Ganz schöne Menge für einen zierlichen, feingliedrigen Inder", dachte Bettina, und dabei fiel ihr ein, daß ihr Vater noch viel größere Mengen geistiger Getränke mühelos vertragen hatte. Irgendwie erwachten Neugier und Anteilnahme an dem Fremden in ihr, daß sie fast Karl vergaß, was Karl wiederum bemerkte, sich aber den ganzen Abend über nicht anmerken ließ. Der Inder entpuppte sich an diesem Abend als ein blendender Unterhalter. Kognak und Rotwein schienen ihn zu beleben, während Karl zum selben Zweck der Belebung ein Kännchen deutschen Kaffee brauchte. Und so erzählte der Inder in der Stimmlage eines gütigen weisen Mannes von seinen Reisen nach Paris, London und Rio de Janeiro. Er vereinigte die Weisheit der Upanischaden mit den Aphorismen Schopenhauers, zeigte Wege, die von der deutschen Mystik direkt zu den vedischen Schriften zu führen schienen. Karl fühlte sich bald erschlagen von so viel funkensprühendem Geist, daß er abschaltete und Zigaretten zu drehen begann. Für den Inder schien er unsichtbar, denn jener hatte sich ganz Bettina zugewandt. Nach einer Weile drängte es Karl zum Gehen. Er wollte den Inder abschütteln, ihm an der nächstbesten Straßenkreuzung good bye sagen - oder besser: Auf Nimmerwiedersehn! Doch er brachte es nicht fertig, den Eifersüchtigen herauszuhängen. Eifersucht macht lächerlich, sagte er sich, und so fügte er sich innerlich knurrend in den neuen Verlauf des Abends. Er sah mit an, wie Bettina offensichtlich aufblühte und ihr Gesicht an frischer Farbe gewann. Er sah mit an, wie sie nickend seinen Reden folgte.

Irgendwann riß ihm dann doch der Faden, was Karl zu einem kräftigen Räuspern nutzte, woraufhin Bettina zusammenschrak und etwas verlegen sagte: "Es wird für mich besser sein, wenn ich mich hinlege. Mein Unwohlsein von vorher. Es war alles sehr schön." Der Inder schaute mit glasigen Augen auf Bettina. Karl sagte nur: "Komm!"

Er nickte dem Inder zu und hoffte, dieser Abend würde eine Episode bleiben. In den nächsten Tagen wollte er ein paar Gedichte schreiben. Für Bettina. Seine Sprache sollte wieder erklingen, Töne des Herzens, voll betrachtender Hingabe an die Dinge, nicht diese Räucherstäbchensprache, die betörte und letztlich verwirrte.

Eisblumen in Vasen stecken,
im Traum seh' ich sie in Gebinden.

Sie können nicht die Hälse recken,
sich nicht um deine Haare winden.

Es waren diese Verse, die ihm auf dem Heimweg durch den Laubengang in den Sinn kamen. Er behielt sie bei sich und war froh, daß Bettina sich bei ihm unterhakte.

Als sie über den Domplatz gingen, sagte sie: "Schneeflocken. Merkst du sie nicht?"

Nein, er hatte nichts von dem seltsamen Vorgang bemerkt, daß Schneeflocken auf Meran niedergingen. Es waren nur einzelne kleine Vertreterinnen ihrer Gattung, gewissermaßen Schneeflockenbabies. Es brauchte Milliarden ihrer Art, um die Stadt auch nur mit dünnen Kristallteppichen zu bedecken. Und woher jede einzelne kam, blieb auf ewig ein Geheimnis. Vielleicht war die eine oder andere einmal in ihm gewesen - als ein Wassertropfen, den er an einem Sommertag ausgeschwitzt hatte. Warum ließen sich nicht Romane über die Reisen von Wassertropfen und Schneeflocken schreiben? Als Kind hatte er solche Geschichten gehört, wenn ihm die Mutter vor dem Einschlafen aus dem großen Erzählbuch mit den blauen Pappdeckeln vorgelesen hatte. Aber er war kein Kind mehr. Er streckte eine Hand aus, um die Schneeflocken zu spüren. Eine landete tatsächlich, um auf dem warmen Landeplatz sofort zu zerschmelzen.

"Wir müssen die kleinen Naturwunder wieder viel mehr ernst nehmen. So eine Schneeflocke ist in gewissem Sinne mehr als der große Vernagtgletscher, den ich im Herbst gesehen habe. Der Gletscher hängt davon ab, daß es diese kleinen Dinger gibt, so wie wir davon abhängen, daß Wasser- und Blutstropfen in uns kreisen."

"Es ist wahr. Augen wie Mikroskope brauchen wir eigentlich, um wieder das Staunen zu lernen. Vielleicht trägst du als Dichter solche Augen in dir, Karl."

Wieder fielen ihm seine Verse ein.

"Darf ich dir ein Gedicht sagen? Oder wenigstens den Anfang?"

"Ja, jetzt ist Zeit für ein Gedicht. Sag mir deine Verse!"

Karl fühlte, daß sein Herz weit wurde vor Glück. Der Inder hatte Bettina nicht eingefangen. Sie war die seine geblieben, das aufmerksame Ohr, die schenkende Hand und der warme Schoß, in den er nach einem Tag voll unruhiger Gedanken versank.

"Eisblumen in Vasen stecken. Im Traum seh' ich sie in Gebinden. Sie können nicht die Hälse recken, sich nicht um deine Haare winden. - Bis hierher hab' ich es schon."

"Ein Zauberlied", sagte Bettina, "um Eisblumen in Vasen zu stecken, muß man wahrhaft ein Zauberer sein."

"Liebst du die Zauberer?" fragte Karl.

"Es gibt weiße und schwarze Magie", entgegnete Bettina.

"Fürchtest du dich?"

"Jetzt nicht. Man müßte den Augenblick in Spiritus einlegen und für alle Zeiten konservieren."

Karl lachte. "Jetzt wirst du poetisch, Bettina."

Und sie gingen nach Hause, als sei nichts gewesen. Es brauchte seine Zeit, ehe der Inder sich immer mehr in Bettinas Seele einnistete, ehe sie sich endgültig für ihn entschied.

* * *

Ferdinand war Ende des Winters einige Tage in Genf gewesen. Als er nach Meran zurückkehrte, wollte er sich ausführlich mit Karl und seinen Plänen auseinandersetzen. Für den Frühling war eine gemeinsame Romreise geplant. Offensichtlich freute Karl sich darauf, versprach sich Anregung für sein Schaffen. Für Ferdinand bedeutete

Rom Größe und Macht, eine Stadt, die selbst in ihren monumentalen Überresten noch Gewalt über Menschen und Epochen ahnen ließ. Sie würden in der Via Veneto logieren und sich von einem Chauffeur mit Silberknöpfen an der Jacke und einer Schildmütze auf dem Kopf im Bentley fahren lassen, wie es ihnen gerade gefiel. Er sah sich im Kolosseum stehen und stieg mit Karl im Geiste die Spanische Treppe hinunter, durchschritt den Welttempel der Christenheit, die Peterskirche, und ließ sich von Prälat Antonelli, einem Geschäftsfreund im Vatikan, die Gärten der Päpste zeigen. Er hatte sich eine Videokamera gekauft und wollte versuchen, wieviel seine eigenen schöpferischen Kräfte hergaben. Zum Malen oder Schreiben fehlte ihm nämlich die Geduld, und so bevorzugte er das schnellebige elektronische Medium. An Ausflüge nach Tivoli und den castelli romani hatte er ebenso gedacht wie an den Lido di Roma und Ostia antica.

Doch aus alldem wurde nichts, da Ferdinand vorzeitig aus dieser Welt gerufen wurde. Rätselhaft wie sein Leben war sein Tod, und außer einem zweistelligen Millionenvermögen hinterließ er den Ruf des Geheimnisvollen. Er war Bonvivant und Agent, Freund der Millionäre des Westens wie des Ostens, und doch galt er in den kirchlichen Kreisen um den erwähnten Prälaten als großzügiger Wohltäter, auf den man sich bei der Einrichtung von Waisenhäusern und Suppenküchen verlassen konnte. Mit seiner Videokamera filmte man sein Begräbnis. Doch Näheres darüber später. Zuerst die Umstände seines Todes, so viel davon bekannt ist.

Als Ferdinand aus Genf zurückkehrte, hatten sich seine Lebensumstände in Meran in einem wichtigen Punkt verändert. Der Inder hatte ein eigenes Büro gegründet und versorgte den internationalen Markt mit eigenen Informationen, spann sein eigenes Netz aus, ohne sich formell von Ferdinand losgesagt zu haben. Ferdinand fand diese stille Scheidung der bisherigen Geschäftspartnerschaft gar nicht gut, doch er reagierte nicht so wie in Indien, als er lästige Nebenbuhler einfach ausgeschaltet hatte - natürlich nicht eigenhändig, aber immerhin todsicher. Es gab immer kleine Kriminelle, die ab einer gewissen Summe auch vor einem Kapitalverbrechen nicht zurückschreckten, und es gab bestechliche Ermittlungsbeamte, die ein gefährliches Indiz verschwinden ließen, wenn es darauf ankam. Diesen Weg konnte und wollte Ferdinand in Meran nicht beschreiten, und so versuchte er es im guten. Es fand eine Besprechung statt, von der Karl nach Ferdinands Tod durch eine handschriftliche Notiz aus dem Nachlaß erfuhr. Dort waren die Worte aufgeschrieben: "Betr.: Inder. Er nimmt Vernunft an. Dem größten Nachrichtensyndikat der Welt steht nichts mehr im Wege."

Mit dem Inder ging Ferdinand dann auch in die Berge. Ob der eine den andern ermorden wollte, als sie aufbrachen, weiß niemand, denn darüber gibt es keine Unterlagen. Ob Ferdinand leichtsinnig war, als er mit dem Inder die Skiwanderung machte, kann niemand beurteilen, auch nicht Bettina, mit der sich Ferdinand noch einmal ohne Karls Wissen traf.

"Begraben wir alles", hatte Ferdinand gesagt, ohne zu ahnen, daß er in wenigen Tagen ein Grab im Gletscher finden würde.

Bettina traute dem neuerlichen Frieden nicht und fragte: "Das Tagebuch des Doktors, meines Vaters - es beschäftigt dich nicht mehr - wie?"

"Hören wir auf mit den gegenseitigen Nachstellungen! Ich bin des Spieles müde, in dem es nur Jäger und Gejagte gibt."

Er sprach diese Worte mit einem ungewöhnlichen Ernst aus, ehe er Bettina in den Arm nahm, wogegen sie sich sträubte.

"Aber Bettinchen, es ist ja nur freundschaftlich,

ein Zeichen alter Verbundenheit gewissermaßen."
"Und die Silvesternacht? War das auch nur ein Zeichen 'alter Verbundenheit', wie du das so schön nennst? Ich kann dir nicht mehr glauben."
Ferdinand blieb ungerührt.
"Du investierst zu viele Gefühle. Siehe, ich könnte dir ein Krankenhaus bauen, eine Privatklinik, ein Sanatorium für die Upperclass, wo es weniger auf die Technik und den ganzen Hokuspokus mit Spritzen, Kathetern und Pillen ankommt, sondern darauf, daß die Frau Chefärztin hübsch ist, sich Zeit nimmt für elegante Konversation, natürlich in ebenso eleganten Kleidern. Und im übrigen unterschreibst du nur die großen Abrechnungen, ehe du zum Urlaub nach Cannes, nach Madrid oder in die Karibik aufbrichst. Du leistest dir ein kleines Sportflugzeug oder eine Jacht, du nimmst dir Zeit für die Künste, die der Augen, der Ohren und des Gaumens, nicht wahr? Du lernst die Kasinos kennen und verspielst an einem Abend zweitausend Franken oder Dollar, bist leichtsinnig und lüstern, läßt das anstrengende solide Gesichtchen mit den kleinen Sorgenfalten im Augenwinkel zu Hause und versteckst es im finstersten Winkel deines Kellers."
Er sprach, als würde er für den Hauptgewinn einer großen Lotterie werben, sanft und eindringlich, doch Bettina lehnte sich auf gegen die süßlichen Töne. Obwohl ihr der Gedanke an ihn Angst machte, wenn er fort war, gewann sie in seiner Gegenwart Selbstsicherheit, sie konnte dem Gegenspieler, dem finsteren Diabolos mit der Maske des väterlichen Freundes, ins Visier schauen. Wieviel Falschheit ein Mensch in sich schließen konnte! Kaufen wollte er sie, nicht ihr ein wohlfeiles Leben bereiten, wie er vorgab. Am liebsten hätte sie seine Heuchelei mit einer schonungslosen Abrechnung erwidert - so wie es in manchen Filmen geschieht, wenn eine Frau mit ihrem Liebhaber Schluß macht. Aber er war ja gar

nicht der Liebhaber. Der Vergleich stimmte nicht.

"Klingt alles schön, was du zu bieten hast, Ferdi. Aber sieh, ich vertraue dir eben nicht."

"Ich weiß, du hast einen Narren an dem Jungen gefressen."

"Bitte laß Karl aus dem Spiel!"

"Geht nicht, Betti. Nicht mehr. Das Spiel hat damit begonnen, daß ich beim Blättern in der *Neuen Züricher Zeitung* den Namen meines Neffen las und darunter dieses Gedicht, das ich bis heute auswendig kann. Höre gut zu:
'Es lockt so sonnig Oktoberwetter,
ich schau' hinaus, seh' fallende Blätter.
Auf Blätter fallen auch meine Worte,
Kanzleipapier, die bessere Sorte.
Ich möchte so leicht wie auf Engelsschwingen
in jedes Geheimnis der Welt eindringen.
Doch jäh wird das Rot des Waldes mir rostig,
sein kühlender Schatten bedeckt mich frostig.
Ich wurde im Schatten als Dichter geboren,
nun geh' ich im Licht des Oktobers verloren.
Der Duft der Moose, das Plätschern der Quellen
vermag meine Phantasie nicht zu erhellen.
Ich schreibe von Liebe, ich schreibe von Tod,
und dabei leuchten die Blätter so rot,
sie leuchten nach Tod und schmerzlicher Liebe -
ach, käme die Zeit, daß ich nimmermehr schriebe,
doch treibt mich ein stetig entbrennender Drang,
ein Durst nach Worten, die Zeilen entlang.
Verhängnis und Gnade kann ich nicht scheiden,
nicht Lust von Last, nicht Leben von Leiden.
So stürze ich mich in den rostigen Schimmer
und füge die Worte, vergesse sie nimmer.'"

Bettina hatte dieses Gedicht Karls noch nie gehört. Jetzt überfiel sie der schwere, traurige Ton, den Ferdinand in seinem Vortrag wohl getroffen hatte. Sie fragte Ferdinand nur: "Und dann hast du dich entschlossen, dich mit Karl zusammenzutun?"

"Ich weiß, das paßt nicht zu mir, Bettina. Aber wenn du in Indien sitzt und es klingt dir plötzlich so ein melancholisches, so ein deutsches Gedicht in den Ohren, da bekommt dein Herz einen gewaltigen Stoß."

Sollte sie ihm glauben?

Sie wagte es nicht. War nicht sie selber der Grund, weil sie das Buch bewahrte, in das Pa die ganzen Schurkereien Ferdinands aufgezeichnet hatte?

Es blieb Bettina keine Zeit mehr, die Wahrheit zu erfahren. Als Ferdinand ging, ließ er ihr eine Photokopie jener Seite der *Neuen Züricher* da, auf der der *Rostige Oktober* abgedruckt war. Sie erfuhr an einem Sonntagnachmittag von seinem Tod. Karl rief sie an und teilte es ihr mit. Seine Stimme zitterte, klang aber weder weinerlich noch gebrochen. Die Überraschung und eine gewisse Ratlosigkeit schwangen in seinen Worten.

"Ferdinand hat es erwischt. Er ist abgestürzt, in eine verschneite Spalte oben im Schnalstal. Das ist vor dem Übergang zum Vernagt. Sie versuchen noch, die Leiche zu bergen, aber der Kommissar sagt, es sei unmöglich. Weißt du, die Kripo ist bei mir aufgetaucht."

Bettina meinte zu träumen. Sie hatte sich auf einen langen Kampf mit Ferdinand eingerichtet. Jetzt war alles vorbei.

* * *

Da sich eine Bergung der Leiche wegen der Tiefe der Gletscherspalte und einsetzender Schneefälle als unmöglich erwies, gab es für Ferdinand statt einer Beerdigung nur eine Gedenkfeier. Zu Hause, auf dem Grab seiner Eltern, die zugleich Karls Großeltern waren, würde man eine Gedenkplatte anbringen. Ferdinands nächster Verwandter war natürlich Eduard, der Bruder. Er entschied, daß die Trauerfeierlichkeiten in Meran stattfinden sollten, die Gedenkplatte für den Toten konnte ja in aller Stille am Familiengrabstein montiert werden.

"Nimm du alles in die Hand, Karl", sagte Eduard am Telephon.

Karl hatte noch nie eine Trauerfeier organisiert. Er wandte sich an Bettina.

"Ein Gottesdienst in Sankt Nikolaus und anschließend eine weltliche Feier. Du mußt den Saal eines Hotels mieten."

Karl erinnerte sich daran, wie er in Meran angekommen war und Ferdinand in dem Hotel mit dem Kachelofen und den verstaubten Kronleuchtern in der Halle kennengelernt hatte. Es war ihm seltsam zumute, als er nun unter völlig veränderten Umständen die Treppe hinaufstieg und nicht die Kellner auf der Veranda hörte, wie sie die Gedecke für das Souper richteten und miteinander scherzten. Trübe und trostlos war der Tag, als er seine Schuhe auf der Treppe knarren hörte und die Glastür zur Halle des würdig gealterten Hotelpalastes aufstieß, um von demselben Tiroler Fräulein nach seinen Wünschen gefragt zu werden wie damals, als er Ferdinand verlangt hatte. Doch dieses Mal saß sie rauchend und Zeitung lesend in einem der Sessel um den Ofen, hatte die Beine unter dem schwarzen Lederrock übereinandergeschlagen, und ihre schmalen, langen Füße in den schwarzen Lackpumps mit den hohen Absätzen zogen Karls Blicke spontan an, daß er schier vergaß, weshalb er eigentlich hierhergekommen war.

Sie lächelte ihn an mit ihren roten Lippen, und Karl geriet in Verlegenheit. Sein ernstes Anliegen und ihre herausfordernde Erscheinung wollten in seiner Seele nicht zusammengehen. Bestimmt bemerkte sie seine begehrenden Blicke, wie er sie von unten nach oben musterte und die reizvollen Rundungen ihres Körpers studierte. Daß sie es bemerkte und doch nicht darauf einging, schmerzte Karl zutiefst, doch er riß sich zusammen, als sie ihn fragte: "Bitte sehr, Sie wünschen?"

Eigentlich wäre es die Wahrheit gewesen, wenn er geantwortet hätte: "Ein Doppelzimmer für eine Nacht - für uns beide. Beherrsche mich und zeige mir, was du verbirgst!" Doch diese Wahrheit mußte sich mit dem puren Gedanken begnügen. In die Tat umgesetzt oder auch nur ausgesprochen, hätte sie vieles zerstört, was er aufgebaut hatte. So blieb er vernünftig und stellte sich vor, daß auch die Reize des Tiroler Fräuleins vom Hotelempfang sich irgendwann erschöpften.

Er trug sein Anliegen vor, eine größere Räumlichkeit des Hotels zu einer Gedenkfeier für seinen verstorbenen Onkel zu mieten, woraufhin er an die Direktion verwiesen wurde. Sie lächelte wieder geschäftsmäßig wie vor einem halben Jahr, und Karl begriff, daß er für das Fräulein nur ein Kunde war. Dennoch genoß er es, als sie ihm zur Direktion voranstakste und er in Ruhe dem Spiel ihrer Waden und Schenkel im Schlitz des engen Rockes zusehen konnte. Es war neu für ihn, denn Bettina kleidete sich selten so reizend, was er an Bettina bisher auch gar nicht vermißt hatte. Vielleicht, sagte sich Karl, brauchte ein Mann den Bezug zu zweierlei Frauen, den leichtsinnigen und den beschützenden. Freilich, gestand er sich im selben Atemzug etwas betrübt ein, fehlte ihm noch die Erfahrung, verstand er zuwenig davon, seine Männlichkeit für die Frauen gewinnend zu präsentieren.

Der Direktor des Hotels war ein höflicher Mann, der Karl sofort sein herzliches Beileid und seine aufrichtige Anteilnahme zum Tode des Onkels aussprach und die geschäftssinnige Bemerkung hinzusetzte, daß der liebe Verstorbene ein erfolgreicher Mann mit wirtschaftlichen Talenten gewesen sei. Er überließ Karl den Frühstückssalon, der am Nachmittag, wenn die Trauerfeier stattfand, ohnehin nicht gebraucht wurde, da er ein wirklicher Frühstückssalon war und nicht tagsüber zweckentfremdet genützt wurde, wie der Direktor mit Nachdruck versicherte. Wie sich herausstellte, war es derselbe grünseiden tapezierte Raum, wo sie in den ersten Tagen miteinander gefrühstückt hatten und Karl die internationale Gesellschaft der Hotelgäste studierte, während Ferdinands Blicke über die halb aufgeschlagene Morgenzeitung glitten. "Jetzt ist es alles schon Erinnerung", sagte Karl für sich und war froh, daß die Trauerfeierlichkeiten ihm keine großen Schwierigkeiten machten; denn Geld war genug da, und um die kirchlichen Riten kümmerte sich Bettina, da ein Kaplan der Stadtpfarrei zu ihren regelmäßigen Patienten zählte.

Die Trauerfeierlichkeiten brachten es mit sich, daß Eduard und Gertrud die Stadt sahen, in der ihr Sohn seit über einem halben Jahr lebte. Glücklicherweise lichtete sich das graue Wolkenmeer, das am Tag der Ankunft die Altstadt als eine finstere Trutzburg erscheinen ließ. Am nächsten Morgen zeigte sie sich wieder als die Märchenhafte, lieblich Verwinkelte, und die immergrünen Palmen trösteten die Neuankömmlinge darüber hinweg, daß man sich noch im Winter befand.

"Vielleicht war ich doch voreingenommen", sagte Eduard nachdenklich, als sie ein Stück des Tappeinerweges entlanggegangen waren und auf die feuchtglänzenden Dächer und Turmhauben geschaut hatten. Und als er Karl fest ansah, kam leise Bewegung in seine Gesichtszüge, die andeutete, was er sogleich in den Worten aussprach: "Jeder muß seinen Weg gehen. Alles andere ist Gewalt."

Karl hatte seinen Vater noch nie so grundsätzlich von der Bestimmung des Menschen reden hören. Philosophische Fragen hatte Karl stets mit sich selber und den Büchern, die er las, abgemacht. Der Vater war ihm nie eine Instanz für Fragen der sogenannten Weltanschauung gewesen. Irgendwie hatten der Tod Ferdinands und die

nicht an dir, daß ich jetzt nicht sagen kann, was du hören willst, damit dein Glück vollkommener wird. Sieh her, ich bin bis zu einem gewissen Alter unentschieden geblieben, und die Unentschiedenheit ist der Zustand, aus dem ich lebe."

"Ist das wahrhaftig, Bettina?"

"Ich habe mir nie Gedanken darüber gemacht, Karl. Vielleicht gehört die Unentschiedenheit zu meinem Wesen, vielleicht läßt sie den Strom in mir fließen, aus dessen Wellen mein Leben wird. Aber ist das alles Lüge?"

Karl wußte darauf weder ja noch nein zu sagen. Er fand nur alles schwieriger, als er sich gedacht hatte.

* * *

Wie die Geschichte endet, wissen wir bereits aus dem Anfang. Bettina entschied sich für einen anderen, den Inder, der dabeigewesen war, als Ferdinand in die Gletscherspalte stürzte, und dem nie nachgewiesen werden konnte, daß er in irgendeiner Weise an dem tödlichen Ausgang der Skifahrt schuld gewesen war. Der Inder hatte seit jenem Abend im Restaurant nicht lockergelassen. Bettina war eine andere Frau für ihn als die vielen Frauen in Rom, die er mit seiner Galanterie unterhalten und verführt hatte, um sie eine oder mehrere Nächte zu genießen. Weil sie in Indien aufgewachsen war, fühlte er sich von ihr verstanden, so wie sich Karl auf andere Weise von ihr verstanden fühlte. Doch ergab er sich ihr nicht kindlich-vertrauend, war nicht naiv wie Karl, für den Bettina die erste wirkliche Liebe seines Lebens gewesen war. Er spürte ihre Angst, ihre europäische Nervosität, die sie von Tag zu Tag schlechter zu verbergen wußte, und so wählte er den Pfad der Erleuchtung, um sie aus dem herauszuführen, was sie war und was sie ängstigte.

Er hatte sich eine Wohnung in Meran eingerich-

mein Leben trat, wie man so schön sagt. Irgendwie erwacht in diesem Frühling auch in mir der Glaube, daß es so etwas wie eine göttliche Vorsehung gibt. Und sie hat uns zusammengefügt. Glaubst du das nicht auch?"

Bettina sah hinaus auf den See. Kleine schaumlose Wellen blinkten in der Frühlingssonne auf und ab. Sie atmete tief, und Karl spürte, daß ihr die Antwort nicht leichtfiel.

"Ob ich an eine Fügung glauben soll - ich weiß es nicht, Karl. Wir sind einander selbstverständlich geworden, der eine ist in den anderen eingedrungen. Aber worauf willst du hinaus, Karl? Sag es mir!"

"Bin ich dir zu jung, um dein Mann zu sein?"

Sie errötete, was bei ihr selten vorkam.

"Du fragst seltsam, Karl. Warum fragst du nicht: 'Willst du mich heiraten?'"

Er spürte, daß sie seine Absicht wohl schon einige Zeit durchschaut hatte. Bettina war in ihren Gedanken und Gefühlen immer schon einen Schritt weiter, bezog immer ihn mit ein, während er oft nur an sich selber dachte, während sie ihm ein Bild war, in dem er sein Wollen und Sehnen betrachtete.

"Ja, ich empfinde meine Frage selber als ungewöhnlich. Aber ich stelle solche Fragen nicht alle Tage."

Jetzt lachte sie. Ihre schönen Lippen hoben sich, und die Mundwinkel gruben sich weit in die weichen Wangen hinein. Ihre Augen spiegelten das milde Licht des Frühlingstages wider und wurden so zu Sternen, die Karl traumhaft entgegen funkelten, als müsse er jeden Augenblick in ihnen versinken. Ihr Haar flatterte in der Brise, die vom See herkam, doch sie sagte nicht das entscheidende Wort, auf das er heiß hoffte, sagte nicht "Ja", wie sie es später am Traualtar in feierlicher Form noch einmal sagen sollte. Vielmehr sagte sie:

"Zu jung bist du keineswegs. Und es liegt auch

plötzliche Reise nach Meran zu seinem Sohn eine unbestimmte Veränderung seines Bewußtseins bewirkt. Auch Gertrud spürte das und sagte nach einer Weile gemeinsamen Schweigens, in der nur das Knirschen des Wegbelages unter ihren Schritten zu hören war: "Du bist ja ganz feierlich, Eduard. So kennt man dich gar nicht." Und nahm Eduard bei der Hand, zog erst die starre Hand an sich, ehe sie weicher wurde und beide händehaltend hinter Karl drein gingen. Man schwieg wieder eine Weile, während es irgendwo im Gebüsch hastig raschelte und eine kleine weiße Wolke die Morgensonne erblassen ließ. Dann sagte Gertrud:
"Ich glaube, wir werden noch einmal jung, Eduard."

Alles erwachte in Meran, als die Forsythien zu blühen begannen, die Tulpen ihnen folgten und die Magnolienbäume ihre Blüten erst wie die Kerzen hundertarmiger Leuchter himmelwärts reckten, ehe sich die ganze Herrlichkeit in wenigen Tagen entfaltete. Karl hatte nun gänzlich seine Berufung zum Dichter gefunden und die ersten sieben Kapitel seines Romanes *Unliebsames Erbe* an einen Verlag im Norden Deutschlands geschickt, dessen Lektor ihn ermutigte weiterzuschreiben und eine bescheidene Erstauflage von eintausend Stück bei einfacher Aufmachung in Aussicht stellte. Davon würde sich gleichwohl nicht leben lassen, doch Karl hatte es nach Ferdinands Tod auch nicht mehr nötig, an die Dichtung als einen Broterwerb zu denken. Das Privatvermögen Ferdinands reichte hin, um die Familie noch jahrelang auskömmlich zu sichern, wenngleich Eduard bei Bekanntgabe des Erbfalles sofort angeordnet hatte:
"Unser Lebensstil bleibt derselbe wie vorher. Keine Extravaganzen. Wir benehmen uns jetzt nicht wie die Neureichen. Und ich werde als Diener unseres Staates in Pension gehen, nicht als

millionenschwerer Nichtstuer."

Dabei schaute er Gertrud und Karl mit einem Blick in die Gesichter, der keine Widerrede duldete. Karl stimmte innerlich mit seinem Vater überein, denn er fand, daß bei allen Annehmlichkeiten eines komfortablen Lebens letztendlich die Dichtung unter dem äußeren Luxus leide. Damit befand er sich wissentlich im Gegensatz zu der gelebten Überzeugung jener Literaten, die ihren schöpferischen Quell nur in einer Villa mit ausgedehntem Park zu immer neuen Werken zu erwecken vermochten. "Vielleicht später", sagte er sich, "wenn ich behäbiger werde und das Kreuz zu schmerzen beginnt, wenn die Augen nachlassen und der Gang an Schwerfälligkeit zunimmt - dann mag das alles nötig werden, womit sich ein Dichter von einigem Ansehen kleidet, und die Leute sagen: 'Er hat es zu etwas gebracht.'"

Gertrud senkte hingegen die Augen, worüber Eduard freilich hinwegsah. Sie trug viele Träume in sich, deren Verwirklichung Flucht aus den gewohnten vier Wänden und der bürgerlich-häuslichen Denkungsart bedeutet hätte. Neidisch hatte sie immer den Frauen der Regierungsdirektoren und Ministerialräte nachgeschaut, von denen sie wußte, daß sie auch mit dem Chauffeur ihres Mannes zum Einkaufsbummel nach Düsseldorf oder Köln fuhren. Aber sie wagte kein Aufbegehren. In fünfundzwanzig Jahren hatte sie keine Revolution gemacht, sondern darauf vertraut, daß im großen und ganzen alles klug war, was Eduard bestimmte. Die Zeit würde bestimmt ihm recht geben und nicht ihr.

Als Meran zu seinem südlichen Frühling erwachte und Karl sich allmählich daran gewöhnte, daß Ferdinand nicht mehr war, wollte er Bettina danach fragen, ob sie vielleicht nicht doch seine Frau werden wollte. Nach Ferdinands Tod schien ihm vieles leichter. Er war jetzt unabhängig und freier in seinen Entscheidungen. Das Gewesene vor ihm, die verflossene Geschichte zwischen Ferdinand und Bettina, hing nicht mehr unsichtbar zwischen ihnen beiden wie ein drohendes Gewitter. Die lauwarme Luft und das Sprießen der Gewächse ließen Karl mutig werden. An einem Samstag, zwei Wochen vor Ostern, fuhren sie hinunter an den Gardasee. Für Karl war es zugleich eine Fahrt der Erinnerung an den vergangenen Spätsommer, als er mit Ferdinand das langgestreckte Gewässer mit seinen Buchten und Felsufern umrundet hatte. Doch die Luft, das Licht und das Wasser waren anders: blauer, heller, frischer als am Ende der warmen Jahreszeit.

"Hier ist eigentlich schon Italien", sagte Bettina in einem Ufercafé in Riva, als Karl noch die rechten Worte für den geplanten Heiratsantrag zusammensuchte.

Er brauchte einen Eisbecher lang, ehe er endlich begann:

"Ich muß dir etwas ganz Ernstes sagen, Bettina."

Sie nahm die Sonnenbrille ab, die sie die ganze Zeit über getragen hatte, und sah ihn verwundert an.

"Ich denke, wir sagen uns meistens ernste Dinge."

Womit sie recht hatte. Gerade in den letzten Wochen, als sie das Entstehen seines Romanes begleitet hatte, indem sie die frisch getippten Seiten durchlas, war es zu langen ernsten Gesprächen gekommen. Aber Karl meinte mit dem "ganz Ernstes" doch etwas, das noch mehr war als die Themen ihrer oft stundenlangen Gespräche bei Kerzenlicht und sinfonischer Musik.

"Wir kennen uns nicht lange, wenn man ein ganzes Menschenleben nimmt, Bettina, doch wir sind sehr schnell eins geworden. Ungewöhnlich schnell. Wahrscheinlich wäre ich nicht mehr hier, wenn es allein um mich ginge. Aber ich habe dich hier gefunden, einen Menschen, von dem ich mit großer Gewißheit weiß, daß er nicht zufällig in

tet, nicht weit von Karls Studio. Kaum zweihundert Meter Luftlinie, ein paar Dächer, ein paar Hinterhöfe und Grünstreifen trennten die Rivalen voneinander. Doch sie sahen sich kaum, betrachteten sich nach außen hin nicht als Konkurrenten um die Gunst der einen Frau. Karl glaubte an die Macht der Liebe, die ihn und Bettina zusammengeschweißt habe, doch sein Ideal war das eines Dichters, abstrakt wie die Verse, die er ihr einmal geschrieben hatte:

Laßt uns den fernen Kräften trauen,
die leise fügen und erbauen,
was wir nicht zu ersehnen wagen
und heimlich wünschend in uns tragen.

Doch Karl kämpfte kaum für sein Ideal. Er traute dem Unsichtbaren, hegte ein verschwommenes religiöses Vertrauen in die Fügung des Schicksals, während der Inder sehr planmäßig vorging, um Bettina zu erobern.

In seiner Wohnung war ein Zimmer, dessen Wände er mit dunkelblauen Seidenvorhängen verkleidet hatte. Rotes Licht schimmerte unwirklich über einer breiten Liege in der Mitte, und aus verborgenen Lautsprechern ertönte eine leise Musik von stets wiederkehrender Melodie.

"Laß deine Angst vor der Tür des heiligen Ashram! Ziehe deinen Verstand aus wie deine Schuhe, und laß alle Verkrampfungen fahren! Stelle dir die Ufer des heiligen Stromes vor! Lauter Bäume mit goldenen Blüten grüßen dich auf der Fahrt in das Vergessen."

Wenn sie auf der Liege lag, sah Bettina wieder das Haus, in dem sie aufgewachsen war. Während er die Worte sprach, die sie auf den Pfad der Erleuchtung bringen sollten, stieg in ihrem Gedächtnis die Kindheit empor, daß sie Meran und das übrige Europa in ihrem Bewußtsein versinken ließ. Ein gewaltiger Sonnenuntergang machte sich breit in ihrer Seele, und sie spürte Ruhe in sich einkehren. Am Anfang geschah es nur für Augenblicke, doch je öfter sie mit dem Inder zusammen war, desto länger dauerte der Zustand an, in dem sie ihre Seele als erschöpft und leergebrannt erkannte und sich nur danach sehnte, daß die Nacht ewig andauerte, in der die Melodien aus dem Lautsprecher wie der Nachtwind über dem Golf von Bengalen rauschten.

Es gelang dem Inder nach und nach, in Bettinas Seele einzudringen. Obwohl in dem fernen Land aufgewachsen, war sie doch europäisch gebildet, und der Weg der Erleuchtung, der betörende Gang in das Nirwana führte sie in ein Reich, das sie nur aus Erzählungen über die großen Gurus skizzenhaft kannte. Und der Inder wurde sich immer sicherer, je mehr er merkte, daß die europäische Art, wie Männer sich Frauen näherten, nicht der Schlüssel war, um das innere Land, das vom Körper nur dünn begrenzt wurde, aufzuschließen. Da der Inder Deutsch als Fremdsprache erlernt hatte, beachtete er mehr die wörtliche Bedeutung der Ausdrücke, und so fiel ihm schon als Student der Technischen Universität das Wort *anmachen* auf, worin *machen* steckt. Und *machen* ist ja bekanntlich das Allerweltswort der europäischen Sprachen. Germanisten und Literaten suchen es auszumerzen, angeblich weil es nichtssagend ist, und doch kommt jener nicht darum herum, der sich vulgär oder volkstümlich ausdrükken will. *Machen* sitzt zu tief in dem allgemeinen Unterbewußtsein, und keiner, der die *Bildzeitung* zur Grundlage seines Sprachgefühls nimmt, wird über dieses Wort stolpern wie jene, die sich an den Feuilletons der *Frankfurter Allgemeinen* genüßlich die Zähne ausbeißen, weil sie sich gebildete Menschen wähnen. Daß die Werbung eines Mannes um eine Frau in Europa ihren ungeschminktesten Ausdruck in dem Wort *anmachen* fand, befremdete den Inder zwar, doch diese Erkenntnis half ihm, sich in den Salons, den Hotels und Theaterfoyers nach europäischer Art zu bewegen.

Bei Bettina vergaß er alles, was er in Europa gelernt hatte. Er verzichtete sogar weitgehend auf den Alkohol, was ihm anfänglich Depressionen und schlaflose Nächte einbrachte - so sehr war er den Begleiter amouröser Expeditionen schon gewohnt. Er versenkte sich selbst in die vorchristliche Weisheit der Völker des Subkontinents, gegen welche ihm das Christentum nur wie ein Flügelschlag der Geschichte erschien. Er kehrte innerlich dorthin zurück, woher er gekommen war, und am Ende stand die gemeinsame Rückkehr mit Bettina. Der materielle Reichtum wurde immer weniger zum Selbstzweck, die Millionen, die er beiseite geschafft hatte, wenn er Ferdinand, den Gutgläubigen, betrog, würden den heiligen Ashram vergolden, und er würde mit seinen Jüngern aus Schalen trinken, die mit Rubinen und Saphiren besetzt waren, den Steinen, aus deren gebrochenem Licht ein Weiser das Schicksal eines Menschen zu lesen verstand.

Es dauerte bis in den Sommer, ehe Bettina bereit war, ihm zu folgen. Und die Zeit von der Magnolienblüte bis zur Sonnenwende bestand nicht nur aus gemeinsamer Versenkung in das wesenlose, für Europäer unendlich schwer zu erreichende Nirwana. Bettina löste sich nicht leicht von dem jungen Europäer, den sie mehr mütterlich und geschwisterlich liebte als leidenschaftlich.

"Könnte Karl nicht mit uns kommen, in den Ashram des ewigen Lichtes? Würde er nicht erhabene Gnade empfangen für seine Dichtung?"

Der Inder lächelte mitleidig.

"Gnade ist ein Wort des Christengottes, Bettina. Ich habe euer Neues Testament gelesen und die Predigten eurer Priester gehört. Entkleide dich dieses Wortes, wie du dich aller überflüssigen

Gewänder entkleidest."

Wenn sie mit ihm zusammen war, trug sie einen langen orangefarbenen Sari und ging in flachen braunen Sandalen. Doch die Gefühle Bettinas für Karl saßen tief, und sie sagte ein anderes Mal zu dem Inder:

"Er braucht mich. Bei aller Größe deiner Weisheit, bei aller Ruhe, die du mir geschenkt hast - die Verantwortung für ihn kann ich nicht abstreifen wie Kleider und Schuhe."

"Du bist noch europäisch, Bettina. Zu sehr siehst du dich als ein vereinzeltes Wesen, das einem anderen zur Ergänzung dient oder sich selbst zu ergänzen sucht."

Es klang unbestechlich, und Bettina war bereit, alles Gewesene in Frage zu stellen. Eine Weile noch spielte Bettina das Doppelspiel, das sie tagsüber mit Karl zusammenführte und die Nächte über mit dem Inder. Karl hatte sich immer mehr vertieft in seinen Roman, nahm die Gestalt des Erich an, der mit dem aufgetragenen Erbe seines Vaters nicht fertig wurde und in Sehnsucht nach Sinn und Liebe verging. Darob wurde er blind für die Veränderungen an Bettina, die noch immer ihre Hände über sein Gesicht und seine Haare gleiten ließ, wenn sie sich trafen. Sie verbrachten sogar miteinander ein Osterfest, dessen Kulisse aus einem Bildband von Südtirol entnommen schien. Wie gepuderter Marmorkuchen wölbte sich das Gebirge über den blühenden Tälern von Etsch und Passer. Der Fluß schoß frühlingskräftig unter den Brücken für Eisenbahn und Autoverkehr hindurch. Karl sah darin ein Sinnbild für das Leben, nach welchem er sich eigentlich sehnte. Seit Ferdinands Tod hatte er sich einem Zirkel junger Leute angeschlossen, der sich abwechselnd in Meran und Bozen zur gegenseitigen Lesung aus entstehenden Werken der Dichtung - und was sich dafür ausgab - traf. Man trank, lachte und phantasierte um die Wette, doch Karl ging in dieser Gesellschaft nicht auf. Es lag nur oberflächlich daran, daß er kein Einheimischer war; denn die Kunst, die bei den bacchantischen Zusammenkünften entwickelt und vorangebracht wurde, war nur in den wenigsten Fällen Heimatdichtung im Sinne der Beschreibung von Land und Leuten. Er konnte sich sehen lassen mit seinem Romanfragment, das allerdings mehr Kühle und Sachlichkeit atmete als die Gedichte, Szenen und Erzählungen seiner literarischen Brüder und Schwestern. Doch selbst die Anerkennung dessen, was er schuf, konnte nicht das Befremden auslöschen, das er seit Ferdinands Tod gegenüber der Welt empfand und ihn mit der Sehnsucht nach schäumendem Leben peinigte, so wie die Wogen der Passer sich an den steinernen Ufermauern und Brückenpfeilern aufbäumten. Und so dichtete er - Verse, die erst gedruckt erschienen, als er schon erwacht war und alles, was er in Meran erlebt hatte, wie ein Traumbild verblaßte.

Sagt ja zu mir, ihr Wogen und Wellen,
reißt mit des Grübelns schwere Last!
Es wollen Knospen in mir schwellen,
die Seele wird zum Blütenast.
Und Schmetterlinge wollen tanzen
nach einer Walzermelodie,
Gedanken um die toten Pflanzen
von Trübsinn und Melancholie.

* * *

Karl ließ es zu, daß Bettina ihm fremder wurde, je weiter der Frühling in den Sommer hinüberging. Die Gegenwart des Inders in ihrem Leben ertrug er zwar unter Schmerzen, aber er unternahm nichts dagegen. Seine Phantasie ließ ihn wohl Messer schleifen, die er dem braunen Räuber in Brust und Gedärm rammte. Er dachte sich Martern und Qualen für ihn aus, doch er brachte es weder fertig, die beiden zu stellen, noch sich in Form eines Briefes zu erklären. Erst als Bettina zurückschrak, als er sie wie gewohnt berühren wollte, ihre Hände und Füße fest umschließen und ihre Lippen an die seinigen pressen - da öffneten sich ihm die Augen. Zu spät, wie er einsah. Wenige Tage zuvor hatte er das fertige Manuskript des Romanes dem förderungswilligen Verlag zugeschickt, der es mit ihm als neuem Hausautor versuchen wollte. Er schlüpfte aus der Haut seiner Dichtung wie ein Taucher nach einer Expedition aus dem Schwimmanzug. Da kam er sich jämmerlich nackt vor, und er mußte erst lernen, sich mit dem weiten, oft viel zu weiten Mantel der Wirklichkeit mit seinen Löchern und verborgenen Falten neu einzukleiden.

Und Bettina ging ihren Weg, folgte ihrem Meister in die Weiten Indiens, hoffend auf die Meeresstille der Seele im heiligen Ashram, ließ sich führen von dem Mann, der sein dunkles Leben im heiteren Licht des Vergessens zu beschließen gedachte.

***